CÉLESTINE DU BAC

DU MÊME AUTEUR

AUX ÉDITIONS ROBERT LAFFONT ET HÉLOÏSE D'ORMESSON

Les Fleurs de l'ombre, 2020.

AUX ÉDITIONS HÉLOÏSE D'ORMESSON

Sentinelle de la pluie, 2018. Le Livre de Poche, 2019.
Moka, 2016. Le Livre de Poche, 2009.
Son carnet rouge, 2014. Le Livre de Poche, 2015.
À l'encre russe, 2013. Le Livre de Poche, 2014.
Rose, 2011. Le Livre de Poche, 2012.
Le Voisin, 2010. Le Livre de Poche, 2011.
Boomerang, 2009. Le Livre de Poche, 2010.
La Mémoire des murs, 2008. Le Livre de Poche, 2010.
Elle s'appelait Sarah, 2007. Le Livre de Poche, 2008.

AUX ÉDITIONS ALBIN MICHEL ET HÉLOÏSE D'ORMESSON

Manderley for ever, 2015. Le Livre de Poche, 2016.

AUX ÉDITIONS POCKET

Les Fleurs de l'ombre, 2021.
L'Envers du décor, 2020.

AUX ÉDITIONS LE LIVRE DE POCHE

Café Lowendal, 2014.
Spirales, 2013.
Le Cœur d'une autre, 2011.

AUX ÉDITIONS FAYARD

L'Appartement témoin, 1992. Le Livre de Poche, 2017.

www.tatianaderosnay.com

TATIANA DE ROSNAY

CÉLESTINE DU BAC

roman

Robert Laffont

ISBN : 978-2-221-25206-2
Dépôt légal : mai 2021
Éditions Robert Laffont – 92, avenue de France 75013 Paris

Pour mon grand-père Gaëtan

Je suis l'Alpha et l'Oméga,
le commencement et la fin.

Apocalypse de saint Jean

Si vous me demandez ce que je viens faire en ce monde, moi artiste, je vous répondrai : « Je viens vivre tout haut. »

Émile Zola, *Mes Haines*

1

La rencontre

Paris, 1991

À dix-huit ans, Martin Dujeu s'intéresse peu aux filles, encore moins à son bac, et ne semble se ranimer qu'en présence de son beagle Germinal, son ami d'enfance Oscar Duval, ou si quelqu'un veut bien prononcer le nom d'Émile Zola.

C'est un garçon rêveur, de grande taille, à la chevelure platine taillée en brosse, à la démarche gourde, à qui son nez busqué, ses lunettes à double foyer et ses interminables bras et jambes donnent l'air d'un échassier léthargique.

Tous les mardis soir, Victor Dujeu se fait un devoir d'emmener son fils dîner dans le quartier au Mandarin de Jade, rue de Grenelle, où il tente, en vain, de ravaler l'exaspération que lui inspire le spectacle de cet escogriffe affaissé devant ses pâtés impériaux.

Cette somnolence n'agace pas autant Victor Dujeu que le fait d'entrevoir les traits de Kerstin sur le visage de son fils. D'elle, Martin a hérité la carnation scandinave dont la pâleur laisse à peine deviner cils et sourcils. D'elle aussi, cette myopie affligeante (trois dixièmes à l'œil droit et quatre au gauche), mais alors que

Victor Dujeu a tant aimé s'abîmer dans la mer de ses prunelles, ce même regard flou chez son fils le dérange.

Kerstin est morte dans une catastrophe aérienne à vingt-deux ans. On n'a jamais pu retrouver son corps parmi ceux des soixante-quinze autres passagers. Martin avait deux ans.

De sa mère, il conserve le souvenir d'une silhouette fine et d'une chevelure dorée, puis d'un parfum dont l'intensité s'estompe avec le temps tel un bouquet fané, mais qui parfois ressurgit au détour d'une rue ou dans un magasin, et dont l'effluve fait renaître la douleur d'une blessure jamais cicatrisée.

Son mètre quatre-vingt-dix-huit, sa pointure quarante-six et son nez arqué lui viennent de son père, ainsi que cette manie de se tenir voûté, épaules et thorax rentrés, comme si le fait d'être aussi grands leur interdisait de se tenir droits. Mis à part cela, père et fils ne se ressemblent guère. L'un est hâlé, fringant et bedonnant, l'autre efflanqué, laiteux et assoupi.

Martin endure sans contrariété les railleries concernant sa taille et ses épaisses lunettes derrière lesquelles on devine à peine la couleur et la forme de ses yeux. Sa vraie difformité, insurmontable selon lui, ce sont ses pieds, ou plus précisément ses orteils.

Martin Dujeu a les orteils reliés les uns aux autres par une fine pellicule de peau rose, si mince qu'on pourrait la couper avec des ciseaux. Enfant, on lui racontait avec le plus grand sérieux qu'une conception vénitienne serait responsable de cette bizarrerie, ses parents ayant en effet passé leur lune de miel dans la cité des Doges et Martin ayant vu le jour neuf mois après… Petit garçon, il croyait que tous les enfants conçus à Venise naissaient avec les orteils palmés et se sentit longtemps fier de cette particularité.

Vers quinze ans, rongé par les complexes, il préféra se fier à la version plus crédible du médecin de famille qui attribuait cette singularité à un « couac de l'embryogenèse ». Martin jura de ne plus exposer ses pieds en public, mais l'épreuve de natation du baccalauréat lui parut incontournable. Étant donné la médiocrité de ses notes, il ne pouvait laisser passer l'occasion de gagner de précieux points. Pendant trois jours, il souffrit le martyre. Une fois sur place, il décida de garder ses chaussettes sous prétexte d'une dermatose suintante, ce qui ne fit qu'attirer davantage l'attention sur lui. Tous les yeux semblaient braqués sur ce géant myope affublé de chaussettes en laine bordeaux. On le pria de les enlever vite fait. Il s'exécuta, la mort dans l'âme. Les regards se fixèrent sur ses orteils et des cris de stupeur balayèrent l'assemblée.

— Mais qu'avez-vous donc aux pieds ? Ce sont des palmes ? s'étrangla le moniteur. Vous osez vous présenter à l'épreuve de natation du baccalauréat avec des palmes ?

— Ce ne sont pas des palmes, fit Martin d'une voix morte. Ce sont mes pieds.

— Comment ça, vos pieds ?

— J'ai les pieds palmés.

— Vous avez les pieds… palmés ?

— Oui.

— Je peux toucher ?

L'homme se baissa et pinça la fine peau rose.

— Ça alors, siffla-t-il, c'est bien vrai.

— Hélas, soupira Martin, funèbre.

Martin se rappelle encore les rires narquois qui fusaient autour de lui. Rires qui cessèrent assez vite quand on constata la vitesse à laquelle il nageait. Un vingt sur vingt inégalé cloua le bec aux plus moqueurs.

Martin Dujeu quitta la piscine la tête haute, l'honneur sauf, mais le cœur meurtri.

Toute la journée, il a fait chaud. Le ciel est bas et lourd, d'un gris foncé menaçant. Martin rentre chez lui par la rue du Bac, tenant Germinal en laisse. Il repense au dîner de la veille au restaurant chinois, au moment où son père lui a annoncé d'une voix emphatique qu'il se fiançait.

Fiancé à cinquante ans ! Martin a dû se faire violence pour ne pas éclater de rire.

Victor Dujeu fixait sa banane flambée d'un air philosophe.

— Il faut bien que je refasse ma vie. Kerstin est morte voilà seize ans.

Martin a toujours détesté entendre le prénom de sa mère de la bouche de son père. Victor Dujeu dit « Chachtine », à la suédoise, et non pas « Kerstine », à la même sonorité que Christine, ainsi que le prononcent la plupart des Français. « Chachtine » sonne trop doux, trop intime, et Martin n'aime pas voir les lèvres de son père s'avancer et s'arrondir en le disant, comme s'il donnait un baiser.

Victor Dujeu soupira :

— Vois-tu, je me sens bien seul.

Pourtant, songea Martin, il l'avait peu été. Depuis une quinzaine d'années, les femmes n'avaient cessé de défiler rue de Babylone – procession qui n'a jamais intéressé Martin, traitant ces compagnes d'une nuit, d'une semaine ou d'un an avec un mépris discret mais immuable.

— J'imagine que tu vas épouser la dernière en date ?

Victor Dujeu fut si heureux d'entendre enfin la voix de son fils qu'il préféra ignorer la pointe d'ironie.

— Oui, je vais épouser Alexandra.

— Ah…, fit Martin d'un ton éteint. Tu devrais manger ta banane. Elle ne flambe plus depuis longtemps, ça doit être froid.

Pincé, mais non moins résigné devant ce manque d'intérêt manifeste concernant ses projets nuptiaux, Victor Dujeu piqua du nez vers son dessert et le dégusta en silence. À peine tiède, la banane nageait dans une mare froide de graisse sucrée.

Jolie jeune femme d'une trentaine d'années, aux yeux pers et aux longues jambes, Alexandra Chamard nourrit envers le jeune homme un dédain réciproque. Martin a dû accepter qu'elle s'installe rue de Babylone, envahissant l'appartement de son parfum puissant. Les autres maîtresses de son père lui avaient paru plus discrètes. Celle-là s'affiche avec une ostentation déplaisante, déambule à moitié nue dans l'appartement, la poitrine offerte, les reins cambrés, écoute à plein volume des opéras de Wagner, ou fait irruption dans sa chambre – lieu où même son père n'ose s'aventurer.

Un jour, pendant qu'il écrit, elle entre sans frapper, puis regarde la photo de Kerstin posée sur sa table de chevet.

— C'est fou ce que tu ressembles à ta mère ! Enlève tes lunettes, pour voir…

Comme il n'esquisse pas un geste dans l'espoir qu'elle quitte au plus vite la pièce, elle les lui ôte avec malice.

— Incroyable ! Le même visage, sauf pour le nez.

Il tente en vain de récupérer ses lunettes. Sans elles, il en est réduit à ne deviner que des formes floues, un clair-obscur dans lequel il répugne à s'engager.

Avec un rire cristallin, elle cache les lunettes sous son oreiller.

— À toi de les retrouver, mon grand. Bonne chance !

Il attend qu'elle sorte de la pièce, puis tâtonne vers son bureau, tirant vers lui un des tiroirs. À l'intérieur sont rangées trois paires de lunettes identiques. Un infirme comme lui ne peut dépendre d'une seule, il l'a appris très jeune. Sifflotant, il se remet à taper à la machine.

Arrivée au bout du couloir, Alexandra entend le crépitement des touches et se fige un instant. Puis elle hausse les épaules et poursuit son chemin.

Une goutte de pluie tombe sur le nez de Martin, une autre sur son oreille. Les passants commencent à presser le pas, les parapluies à s'ouvrir.

— Germinal, il pleut, annonce Martin à son chien.

Le beagle se retourne et le fixe de son œil noir malicieux.

— Que faisons-nous ? On court vers la maison au risque de se tremper ou on se met à l'abri en attendant que ça passe ?

À l'abri, semble répondre Germinal.

— Soit, acquiesce Martin.

Il se dirige vers une porte cochère à demi ouverte. La pluie tombe franchement maintenant, crépitant sur l'asphalte poussiéreux et les toits luisants des voitures. Le porche, assez profond, les protège aisément, et Martin s'apprête à passer un moment à guetter la fin de l'averse, lorsqu'une odeur nauséabonde vient lui chatouiller les narines – mélange de vin, de transpiration, d'urine et de tabac froid.

Avant qu'il puisse déterminer l'origine de la puanteur, une voix de femme au timbre rocailleux l'agresse :

— Tire-toi, grand morveux, et ton clébard avec ! Z'êtes chez moi ici ! Foutez le camp !

Surpris, Martin se penche vers la porte et, dans la pénombre, il lui semble distinguer un tas de haillons.

L'odeur s'accentue, il aperçoit alors deux genoux pointus, noirs de crasse, une tête grisonnante aux épis rebelles et un long visage triste aux rides profondes, à la bouche amère, aux dents ravagées.

— T'es sourd ou quoi ? J'ai dit dégage ! T'es chez moi !

— Madame, je vous prie de bien vouloir m'excuser, répond Martin poliment. Je ne savais pas que je me trouvais chez vous.

Il tire énergiquement sur la laisse de Germinal, curieux de ces odeurs nouvelles qu'il juge fort attirantes.

— Taille-toi !

— Je m'empresse de le faire, madame.

D'un bond, il se retrouve sous la pluie, puis se retourne afin de contempler l'étrange créature à moitié cachée par la porte, assise sur un panneau de carton. À côté d'elle, un vieux panier bourré à ras bord, d'où émergent le goulot vert d'une bouteille de vin, des journaux froissés, des boîtes de conserve vides et des vêtements rapiécés. La femme, très maigre, enveloppée d'un imperméable troué, écrit sur un cahier d'écolier, une cigarette à la bouche. Elle ne voit plus Martin, ni son chien, et griffonne à toute vitesse, comme si ses heures étaient comptées. Fasciné et dégoulinant, Martin l'observe.

Pendant ce temps, Germinal s'impatiente, tirant sur sa laisse, le museau pointé vers la maison, sa niche et son repas du soir. À regret, Martin finit par le suivre et remonter la rue du Bac déserte.

Il la trouve invariablement au même endroit, sous cette porte cochère – qu'on pourrait à première vue croire condamnée – à l'angle de la rue de Varenne. Parfois, elle fait les cent pas sur le trottoir, les bras croisés, un mégot aux lèvres, le visage renfrogné. Il lui arrive d'insulter les passants lorsqu'ils ne lui donnent pas d'argent, ou même quand ils ne veulent pas la regarder. Elle semble alors se mettre dans une colère noire, brandissant ses poings fermés, menaçante, comme un boxeur qui s'échauffe avant un combat. Il l'a vue aussi s'allonger sur son carton et y demeurer prostrée, yeux fermés, paumes tournées vers le ciel.

Le marchand de légumes d'en face lui a appris qu'elle est là depuis un bon moment. De temps en temps, la police l'embarque, on ne la voit plus pendant quelques jours, mais elle revient, chaque fois au même endroit. Elle n'est pas trop gênante, sauf quand elle entre dans une de ses rages.

Martin ne l'avait pas remarquée auparavant, pourtant il passe plusieurs fois par jour devant cette partie de la rue du Bac, pour se rendre au lycée. Pourquoi ne l'a-t-il jamais vue, alors qu'elle est là, le jour, la nuit, qu'il pleuve, qu'il vente, qu'il neige ? Il en parle à son ami Oscar, qui éclate de rire.

— Dujeu, toi, tu vis dans un autre monde, là-haut dans les nuages ! J'aurais pu mendier un mois devant ta porte sapé d'un sac-poubelle que t'aurais rien vu.

Petit, rondouillard et bouclé, Oscar aime les femmes d'une passion dévorante et précoce. Bien que ses intérêts n'aient rien en commun avec ceux de Martin, une amitié profonde datant de la maternelle les lie. Oscar éprouve un respect secret pour ce jeune homme pâle aux réactions contrôlées.

— Un jour, Martin Dujeu sera célèbre, a-t-il confié à sa sœur Delphine.

— L'asperge albinos ? ricana celle-ci, encore dans l'âge bête. Dans un cirque, ouais !

— Il est pas albinos, il est blond.

— Blanc !

Oscar s'est contenté de hausser les épaules.

— Tu verras, ce sera un auteur célèbre.

Martin rédige depuis deux ans un roman, et Oscar est le seul à le savoir.

Qu'écrit donc cette femme ? De plus en plus intrigué, Martin fait désormais souvent un crochet par la rue du Bac afin de mieux l'observer. Parfois elle l'épie de derrière la porte ; il voit scintiller ses yeux noirs, et dès qu'il passe, elle fait mine de ne pas l'apercevoir, lui tournant vivement le dos.

Il a pris l'habitude de la saluer :

— Bonjour, madame.

Elle ne répond jamais.

Un après-midi, alors qu'il rentre du lycée, voilà qu'elle se dresse en le voyant arriver, se déroulant tel un serpent, pour finir droite comme un I sur ses longues jambes maigres et sales.

Il constate qu'elle est presque aussi grande que lui. Martin remarque rarement la taille des gens car, de sa hauteur, tout le monde lui paraît petit. Elle doit friser le mètre quatre-vingts. Quel âge peut-elle bien avoir ? Impossible à déterminer. Il opte pour une large fourchette entre soixante et soixante-quinze ans.

Debout, elle semble l'attendre, impressionnante, les poings sur les hanches, la tête haute, le menton fier. Il peut en s'approchant contempler à son aise le visage buriné, la peau tannée. Ses longs cheveux crasseux, d'un vilain gris jaunâtre, pendent dans son dos.

Il se demande si cette femme a été jolie. Il ne lui reste rien d'une éventuelle beauté passée. Son nez, véritable bec, n'a jamais dû la rendre séduisante, aujourd'hui davantage mis en relief par la maigreur de son visage. Un nez crochu de sorcière, pense Martin. Pourtant, il émane de cette femme un magnétisme certain, concentré dans son regard fixe et ses prunelles d'ébène.

À quelques mètres d'elle, il lui adresse son habituel :

— Bonjour, madame.

Elle fait un pas vers lui, menton en avant.

— Qu'est-ce tu m'veux, manche à balai ? Au lieu d'me balancer des « Bonjour, madame », tu pourrais m'filer des thunes ! On voit bien que tu sais pas c'que c'est d'avoir la dalle, hein ? C'est bien nourri, tout ça, c'est propret, ça dort dans un pieu douillet tous les soirs ! T'as vu mon plumard à moi ?

Elle éclate de son rire de hyène.

— Très bien, dit Martin en sortant un billet de cent francs de sa poche. Tenez.

Elle écarquille les yeux.

— T'es siphonné, toi !

Elle s'empare du billet d'un geste trop rapide, puis, le portant devant ses yeux, le palpe.

— C'est pas un faux, au moins ? T'es pas en train d'me rouler, sale morveux ? On m'a d'jà fait le coup.

Martin se redresse, outré.

— Vous me blessez, madame. Bonsoir.

Il s'éloigne, sentant dans son dos un regard interloqué.

— Vous n'auriez pas dû lui donner cet argent, lui lance le marchand de légumes.

— Pourquoi ?

— Parce qu'elle dépense tout ce qu'on lui donne en alcool. Plus elle boit, plus elle perd en dignité. Tenez, regardez, la voilà qui part acheter sa dose !

Elle traverse la rue, déambulant d'un pas las, panier au bras, les pieds nus. Elle entre chez l'épicier pour en sortir quelques instants plus tard le goulot déjà aux lèvres, s'installe sur son carton et s'abandonne au flot de vin avec le même contentement, la même jouissance qu'un bébé tétant son biberon.

Désolé, impuissant, Martin la regarde sombrer.

2

« Chachtine »

Le mardi suivant, Martin crée la surprise en adressant la parole à son père lors du rituel dîner au Mandarin de Jade :

— Père, as-tu remarqué la dame qui est toujours rue du Bac, en face du marchand de légumes ?

Victor Dujeu, avec un sursaut, se demande si son fils en parlant d'une « dame » veut dire « prostituée ».

— Une putain ?

Martin rougit aussitôt, exactement comme le faisait Kerstin : écarlate, les oreilles mauves. Une fois de plus, en constatant l'héritage laissé par elle sur le visage de son fils, Victor Dujeu ressent le pincement au cœur familier à peine atténué par le temps.

Martin capte le regard mi-agacé, mi-peiné posé sur lui. Il se ressaisit, chasse son trouble.

— Non, je parle d'une clocharde.

— La vieille folle qui insulte tout le monde, celle qui ressemble à une sorcière ? Elle est là depuis longtemps. Elle fait partie du quartier, maintenant.

— As-tu remarqué qu'elle écrit dans un vieux cahier ?

— Non. Pourquoi me parles-tu d'elle ?

Martin courbe les épaules, rentre le cou et retrouve son état somnambulique.

— Pour rien, lâche-t-il de sa voix endormie.

Quelque part, Martin en veut à son père de se remarier, d'essayer de remplacer sa mère par une autre femme. Malgré tout, il n'ignore pas que son père a souffert de la disparition de sa jeune épouse et qu'une certaine amertume ne l'a pas quitté.

À l'époque, l'accident avait marqué les esprits, et les journaux avaient insisté sur le fait qu'on n'avait pas retrouvé le corps de Kerstin Dujeu, femme du brillant avocat Victor Dujeu. D'elle il ne restait que sa valise, remplie de cadeaux de Noël pour sa famille, et son sac à main découverts sur les lieux de la catastrophe.

N'avoir pas pu contempler son épouse morte, vision horrible et pourtant nécessaire, ne pas l'avoir enterrée pour lui dire un dernier adieu, ou se recueillir sur sa tombe, paraissait odieux à Victor Dujeu. Parce qu'il n'avait jamais vu Kerstin sans vie, il ne parvenait pas à croire qu'elle le soit réellement, même après seize ans. Kerstin aurait trente-huit ans aujourd'hui, à peine plus âgée qu'Alexandra, sa future femme.

Victor Dujeu ne désire pas véritablement se remarier. Habile manipulatrice, Alexandra a fait germer dans sa tête l'idée qu'il ne devait plus être seul, qu'il l'avait trop été. Conditionné, il a dû s'avouer que l'appartement lui semblait souvent vide, avec ses longs couloirs et ses boiseries sombres. La torpeur (étudiée ou naturelle) de son fils, qui adressait plus souvent la parole à son chien qu'à son propre père, n'ajoutait pas l'étincelle indispensable à cette demeure sans vie.

Victor Dujeu s'ennuyait et Alexandra Chamard, rarement à court de subterfuges, a compris comment meubler ce spleen de quinquagénaire. Lui arracher le oui tant convoité relevait dès lors du jeu d'enfant.

Martin ne se rappelle plus la catastrophe qui a coûté la vie à sa mère. Il a grandi nourri du souvenir d'une femme blonde et rieuse dont il a pris conscience très tôt qu'il en était le portrait vivant. Il a appris à ne pas enlever ses lunettes devant son père, afin de ne point aggraver sa peine. Martin parle peu, rit peu, s'amuse peu, car il sait que sa mère possédait une joie de vivre et une gaieté hors du commun.

Tôt aussi, il a commencé à en vouloir à cette mère partie trop vite, parce qu'il n'y avait personne pour venir le chercher avenue de la Bourdonnais à la sortie de l'école, à part la gouvernante ou le chauffeur de son père. Pas de maman. « Maman ». Ce mot lui semblait magique. Il le captait sur les lèvres des petits garçons de sa classe courant vers cette affluence de femmes à quatre heures et demie, ces mères chaleureuses, accueillantes, le goûter à la main, le sourire aux lèvres. Comment aurait été la sienne dans cette cohue de parfums, de tendresse, de rires ?

À dix-neuf ans, Kerstin Sandström arriva à Paris pour être fille au pair et apprendre le français. Elle s'adressa à l'Alliance française, boulevard Raspail, qui l'envoya rencontrer une Mme Henri Dujeu, rue Lecourbe, dans le XVe arrondissement. Cette dame avait trois jeunes enfants et un grand appartement lumineux dont l'ambiance hospitalière plut immédiatement à la jeune fille qui n'avait jamais quitté sa ville natale, Örnsköldsvik, au bord du golfe de Botnie. Mathilde Dujeu, séduite par la gentillesse et le dynamisme de la jeune Suédoise, l'embaucha sur-le-champ. Kerstin commença le soir même. Elle dormait dans une petite chambre au sixième étage qui dominait les toits de Paris. Le matin, elle suivait des cours de français boulevard Raspail ; l'après-midi, elle s'occupait des enfants.

Henri Dujeu, pédiatre, avait un frère cadet dont la carrière d'avocat s'annonçait brillante. De temps en temps, Victor venait dîner rue Lecourbe, avec une jeune femme, rarement la même – intarissable source de conversation entre les époux Dujeu :

— Ce soir, nous aurons droit à qui ? La Basque à forte poitrine, l'esthéticienne de Sartrouville, l'aristo du boulevard Suchet, ou la veuve quadragénaire friande de chair fraîche ?

Les conquêtes de Victor se suivaient et ne se ressemblaient pas. Quentin Dujeu, six ans, voulait l'imiter plus tard.

— Comme ça, confia-t-il à sa mère, on ne doit jamais s'ennuyer.

Ce soir-là, Victor vint accompagné d'une Stéphanie excessivement maquillée. Attendant un coup de téléphone de sa mère, Kerstin se trouvait encore dans l'appartement. Elle dînait rarement avec la famille, préférant prendre son repas du soir à dix-huit heures, horaire scandinave. À vingt heures, elle était en général dans sa chambre à rédiger ses devoirs de français.

Du salon, Victor aperçut dans le vestibule un casque de cheveux platine, épais et drus comme du crin, des épaules fines sous une chemisette rose et, en se penchant, une taille mince qui donnait naissance à de jolies hanches. Étonné, il s'approcha.

La jeune fille discutait au téléphone, dans une langue incompréhensible, aux syllabes ingrates mais non dénuées de charme. Victor découvrit avec émerveillement le visage d'un ange : une peau opaline, une bouche ronde et rose et des yeux bleus aux cils si blonds qu'on n'en devinait que le battement doré. Il détailla de longues jambes à la musculature accentuée, aux chevilles un peu épaisses, des jambes d'athlète, se dit-il, fasciné.

Que faisait cette créature extraordinaire chez son frère ?

Sentant un œil curieux posé sur elle, Kerstin se retourna. Elle termina sa conversation, posa le combiné et observa Victor. Celui-ci se perdit dans un rayon bleu qui semblait le happer, regard surprenant car, même fixe et concentré, il paraissait avoir du mal à détailler. Kerstin chaussa d'épaisses lunettes qui n'ôtèrent rien à sa beauté.

— Excusez-moi, dit-elle, souriante, en lui tendant la main, je ne vous voyais pas, je suis très myope. Je m'appelle Kerstin Sandström.

« Chachtine ». Un son qui lui caressa les oreilles.

Elle avait un accent assez fort et ne prononçait pas les « j ». Au lieu de « je », elle disait « yeu ».

Avant qu'il puisse se présenter, son frère entra.

— Ta fiancée est seule dans le salon, annonça-t-il.

— J'arrive, marmonna Victor, ne quittant pas Kerstin du regard.

— Je te présente Kerstin, fit Henri.

— Kerstin ?

— La jeune fille au pair. Elle s'occupe des enfants.

Henri esquissa à son attention un geste discret vers le plafond, qu'elle comprit instantanément.

— Je monte tout de suite. Bonsoir, monsieur Duyeu.

Elle s'adressa à Victor, et hésita :

— Bonsoir, monsieur…

— Je m'appelle aussi « Duyeu », répondit celui-ci en souriant. Et je suis charmé de faire votre connaissance.

— Bonsoir !

Elle s'envola, la porte claqua.

— Victor, je t'en prie, siffla Henri. C'est la jeune fille au pair !

— Elle ne peut pas m'au-pairer, moi aussi ?

Henri leva les yeux au ciel.

— Et ta fiancée de ce soir, qu'en faisons-nous ?

Victor se figea.

— Ah, mon Dieu ! Comment s'appelle-t-elle, déjà ?

— Je trouve, remarqua Mathilde Dujeu, que Victor vient dîner souvent depuis un mois. Et le plus étonnant, c'est qu'il vient tout seul.

— Cela n'a rien d'étonnant, maugréa Henri. Il est amoureux de Kerstin.

Mathilde sembla à peine surprise.

— Il a raison. C'est une fille charmante.

— Elle a douze ans de moins que lui, parle mal le français et n'est pas d'ici !

— Cela ne l'empêche pas d'être délicieuse.

Délicieuse, Victor Dujeu trouvait également qu'elle l'était. À trente et un ans, il était amoureux pour la première fois de sa vie. Après chaque dîner chez son frère, il montait au sixième étage frapper à la porte de Kerstin.

La première fois, elle ne sembla pas surprise.

— Ah, c'est vous ! Entrez.

Il se retrouva dans une pièce minuscule, bien rangée et elle lui offrit une tasse de café provenant d'un Thermos. Jusque tard dans la nuit, ils parlèrent de son pays qui lui manquait, de ses impressions concernant la France et les Parisiens, de ses cours à l'Alliance française. Victor découvrit que la jeune fille possédait un grand sens de l'humour. Il rit beaucoup. Finalement, elle le mit dehors vers deux heures du matin.

— Vous reviendrez, souffla-t-elle en fermant la porte.

Il ne se fit pas prier, ne vivant plus que pour ces rendez-vous nocturnes, au nez et à la barbe de Mathilde et d'Henri. Lui qui n'avait jamais éprouvé de timidité envers une femme, il réalisa qu'il n'osait pas l'approcher, la toucher. Il l'écoutait parler et riait, charmé.

Lors de sa cinquième visite, vers minuit, elle enleva ses lunettes.

— Quand vas-tu enfin te décider à m'embrasser, Victor Duyeu ?

Il crut perdre tous ses moyens.

Attendrie, elle sourit, s'approcha davantage.

— Tu n'as pas l'habitude des Suédoises ?

— Non, fit-il, interloqué mais séduit.

— Chez nous, les femmes font souvent le premier pas.

Interdit, il la regardait.

— Tu devrais te laisser aller, chuchota-t-elle.

Elle eut des gestes précis, qu'il trouva surprenants chez une femme aussi jeune, mais tendres et doux.

À l'aube, il quitta le lit sans faire de bruit et s'habilla. Elle dormait, étendue sur le ventre, la tête enfouie dans son oreiller. Elle était belle et émouvante, avec sa taille mince, son dos souple et ses longues jambes puissantes. Il partit sur la pointe des pieds et descendit l'escalier.

Une fois dehors, rue Lecourbe, il eut soudain mal à la tête ; ses tempes bourdonnaient, son cerveau s'embrouilla et il dut s'arrêter, étourdi. Puis, tout à coup, la brume se leva, le malaise s'estompa. Il comprit alors ce qu'il devait faire. Cela lui sembla juste, évident, inévitable.

Il s'engouffra dans l'immeuble, appela l'ascenseur, trépigna en l'attendant. Celui-ci ne montait qu'au cinquième, il fallait ensuite parcourir le dernier étage à pied.

Allongée dans ses draps tièdes, Kerstin écoutait le mécanisme de l'ascenseur marteler de l'autre côté du mur, bruit régulier et entêtant, qui devenait plus fort à mesure que la cabine approchait. Deuxième, troisième, quatrième, cinquième… Fracas de la porte qui se ferme, puis les pas pressés dans l'escalier qui grimpent au dernier étage.

Elle lui ouvrit avant même qu'il ait besoin de frapper, nue et blonde dans la lumière naissante du soleil levant.

— Kerstin, dit-il, essoufflé, Kerstin, je t'aime !

Elle l'enveloppa de ses bras, ferma la porte d'un pied adroit et le serra fort.

— En suédois, monsieur Duyeu, ça se dit *jag älskar dig*.

— Martin !

Émanant du lointain salon, la voix de Victor Dujeu n'a aucun mal à franchir le long couloir et à atteindre la chambre du jeune homme.

Celui-ci esquisse une grimace. C'est la voix des mauvais jours.

— Martin !

Il se lève enfin, se frotte l'arête du nez à vif à cause du poids de ses lunettes et ouvre la porte.

Son père l'attend debout dans le salon. Alexandra, allongée sur le canapé, fait semblant de lire *Le Monde*.

— Assieds-toi ! ordonne Victor Dujeu à son fils.

Martin s'exécute.

— Il me semble, reprend son père d'une voix glaciale, qu'aujourd'hui tu as dû avoir les résultats de ton baccalauréat.

— Oui, père.

— Pourrait-on les connaître ? À moins, bien entendu, que tu ne veuilles les garder pour toi ? J'imagine que c'est aussi pour cette raison que tu ne m'as pas téléphoné au bureau.

— On m'a dit que tu étais au Palais toute la journée. Je n'ai pas pu te joindre.

— Je n'ai pas eu de message de ta part.

— Je n'en ai pas laissé.

— Tu l'as raté, c'est ça ? souffle Victor Dujeu.

Martin détourne les yeux devant l'angoisse terrible qu'il lit sur le visage de son père.

— Oui, père.

— Tu l'as raté pour la deuxième fois, Martin ?

— Oui, père.

Victor explose :

— Arrête de répéter : « Oui, père » ! Tu n'as rien d'autre à dire, enfin ? Tu trouves cela normal de rater son bac deux fois de suite ?

— Je n'ai pas assez travaillé.

— Et c'est maintenant que tu t'en rends compte ! rugit son père, hors de lui.

Alexandra se lève, ondule jusqu'au bar, verse un whisky généreux et le tend à son futur époux.

Victor s'assoit, s'éponge le front et boit son verre d'un trait.

— Dis-moi tes notes, articule-t-il, d'un ton plus calme, en allumant un cigare.

— Deux en histoire-géo, deux en physique, trois en sciences naturelles, cinq en maths, quinze en anglais, vingt en natation.

— Et la philo ?

— Dix-huit.

— Dix-huit en philo ? C'était quoi le sujet ?

— « Peut-on douter de tout ? »

Silence.

— Et tu as su quoi répondre ?

— Cela me paraissait évident.

— C'est-à-dire ?

Martin regarde ses pieds.

— Cette interrogation possède à mon avis deux significations. La première est d'ordre théorique : est-il possible d'établir un doute fondamental dans notre connaissance ? Deuxième signification, d'ordre plus pratique : peut-on dans la vie de tous les jours se passer de certitude ?

Silence de nouveau.

— Tu as cité qui ?

— Montaigne, Spinoza, Descartes, Bachelard et Einstein.

— Tu n'as révisé que la philo ou quoi ?

— Non, je n'ai rien révisé du tout.

Victor Dujeu, ténor du barreau, qui doit à son aplomb et son habileté d'être l'un des meilleurs avocats de la place de Paris, l'un des plus ingénieux, des plus redoutables, perd pied devant son fils, le seul être capable de fêler cette contenance implacable.

— Mais, Martin, que fais-tu de tes journées, bon sang ? À part promener ton chien et voir Oscar, que fais-tu ?

Martin garde les yeux rivés au sol. Il s'arc-boute intérieurement face à la tornade qui se déchaîne contre lui. Celle-ci dure cinq minutes et se ponctue d'une gifle magistrale avant de s'éteindre, à bout de souffle.

— Sors d'ici ! glapit Victor Dujeu. Je ne veux plus te voir de la soirée !

Martin quitte la pièce et ferme la porte derrière lui. Il regagne sa chambre, introduit une feuille dans sa machine à écrire et tape en pied de page :

289.

3

Grand dadais

Le lendemain, Martin s'arrête devant la porte cochère condamnée.

Elle est en train d'écrire, assise en tailleur.

— Bonjour, madame.

Pas de réponse.

— J'ai raté mon bac pour la deuxième fois.

Elle lève le menton et le dévisage à travers la fumée de sa cigarette.

— T'as l'air de t'en foutre.

— Mon père ne s'en fout pas du tout.

— Ton paternel, c'est l'grand con qui fume des cigares et qui porte des ch'mises roses ?

— Oui, c'est lui, sourit Martin.

— Il pète plus haut que son cul.

Elle tire sur sa cigarette et le scrute à nouveau.

— Il a l'air d'être bourré de fric.

— Il l'est.

— Qu'est-ce qu'il fout avec son pognon, ton vioque ?

— Je n'en sais rien.

Elle se lève, écrase sa cigarette et se poste devant lui, bras croisés. Puis elle s'approche.

— J'vais t'dire un truc, l'asperge.

Il sent son haleine fétide, frémit devant ses dents décimées et brunâtres. Mais l'œil le fascine, vif et alerte.

— Les grosses bourges bourrées aux as qui vont claquer leur flouze au Bon Marché, elles me filent jamais rien. Rien, tu m'entends ! Que dalle ! Qu'est-ce que tu penses de ça, Martin Dujeu ?

Interloqué, il lui demande comment elle connaît son nom.

— Mais j'sais tout, moi ! Qu'est-ce tu crois, hein ? J'ai le temps de vous voir passer, toi, ton daron, ton copain frimeur et la poule de luxe de ton paternel. J'ai rien d'autre à foutre.

— Vous écrivez, dit Martin. Ce n'est pas rien faire.

Elle s'approche un peu plus de lui, le visage tordu par un sourire mielleux, la paume tendue. Sa voix cassée se fait suppliante :

— Dis, t'as pas encore un p'tit billet pour moi ?

— Il ne vous reste rien des cent francs ?

Elle hausse les épaules.

— Penses-tu ! Ça file.

— Je préfère ne pas vous donner d'argent mais vous acheter plutôt ce dont vous avez besoin.

— Ah, j'vois. Tout ça pour pas que j'm'achète de quoi me cocarder. T'es pire qu'un poulet !

Martin insiste :

— Vous avez sûrement besoin de quelque chose, des vêtements, un repas, des médicaments ?

— Non ! crie-t-elle, et il a peur un instant de ce visage détérioré au regard fou. Achète-moi à boire, y a qu'ça qui me reste, boire ou crever ! C'est comme ça que je tiens !

De nouveau la main tendue.

— Non, dit Martin fermement. Tout sauf ça.

— Alors fous le camp ! crache-t-elle. Sors d'ici, sale gosse de riche. T'as rien compris ! Sors d'ici, que j'te voie plus !

Pour la première fois de sa vie, Martin sent gronder au fond de lui les prémices d'une violente colère.

— Fi… figurez-vous que j'en ai assez qu'on me dise ça, bégaie-t-il. Et permettez-moi de vous répondre que c'est vous qui n'avez rien compris.

Sur ce, il remonte la rue du Bac et tourne dans la rue de Babylone, vers Saint-Germain-des-Prés.

Au jardin du Luxembourg, Martin déambule dans la partie exiguë où l'on a le droit d'emmener son chien. Il commence à faire chaud et il doit se mettre à l'ombre à cause de Germinal qui du fait de ses origines britanniques supporte mal la canicule. Le beagle se glisse à l'abri sous un banc et s'endort presque aussitôt.

Martin aperçoit Oscar et lui fait signe de la main. Ils se donnent souvent rendez-vous au parc, lors de leurs promenades canines. Oscar est avec Zéphyr, le teckel à poil dur de sa mère. En général, Germinal et Zéphyr ne s'entendent pas, mais aujourd'hui, ramollis par la chaleur, ils s'ignorent prodigieusement.

— Ton père fait encore la gueule ? demande Oscar tout en détaillant les cuisses fuselées d'une femme assise sur le banc d'en face.

— Et comment !

Oscar a obtenu son baccalauréat à l'oral de rattrapage.

— Tu ne lui as pas expliqué que tu passais ton temps à écrire ce livre ?

— Non, je ne lui en ai pas parlé.

— Il doit penser que tu glandes.

— Oui.

— Pourquoi tu ne lui montres pas ton roman ?

La réponse jaillit :

— Parce qu'il ne sait pas lire !

— T'es vache, siffle Oscar.

— Non, observateur.

— Il est brillant, ton père. Tout le monde le dit.

Martin hausse les épaules.

— Brillant au barreau. Mais dans la vie de tous les jours, c'est un zéro.

— Tu es fâché contre lui parce qu'il va épouser Alexandra.

— J'en ai rien à faire d'Alexandra.

— Elle est bandante !

Martin ne répond rien.

— Qui ne dit mot consent, ricane Oscar.

Martin demeure de marbre. Oscar change de sujet, tout en admirant cette fois la poitrine opulente d'une jeune mère de famille promenant ses enfants.

— Ton père, il tomberait raide en voyant ton bouquin. Il n'en reviendrait pas, il serait fier de toi. Tu devrais vraiment lui montrer.

Martin se tourne vers lui avec un étrange sourire.

— Je lui montrerai quand il sera publié.

Surpris, Oscar détache son regard des formes de la jeune femme.

— Je te trouve bien sûr de toi. Ça ne te ressemble pas.

— Ce n'est pas de la vanité. Je sais qu'il sera publié un jour.

— Comment le sais-tu ?

— Je ne pourrais pas te l'expliquer. Je le sens.

Oscar se tait, à court de mots, Germinal et Zéphyr ronflant en chœur à leurs pieds. La chaleur semble s'accroître et le parc se vider.

— Tu viens à Cabourg cet été ? demande Oscar, voulant rompre ce silence qu'il trouve aussi pénible que la chaleur.

— Si Dieu le veut, soupire Martin.

Dieu étant son père.

Le père d'Oscar possède une célèbre boîte de nuit dans le quartier de Saint-Sulpice, où se donne rendez-vous la crème de la crème des beaux quartiers.

Petit garçon, alors qu'il vivait au dernier étage de cette véritable institution, Oscar aimait descendre en pyjama aux petites heures de la nuit, ni vu ni connu, épier cette faune nocturne, ces femmes parées pour la fête, aux lèvres pourpres, aux bijoux scintillants et aux rires de gorge.

Dépucelé à l'âge de douze ans par une jeune amie de son père – il a appris plus tard qu'elle avait aussi été sa maîtresse –, son goût prématuré pour les femmes naquit de ces nuits où il restait caché sous les marches, se régalant des allées et venues de ces créatures divines passant au-dessus de sa tête pour se rendre chez Dame Pipi. Avec un battement de cœur affolé, il avait la vision d'entrejambes dévoilés sous un chuintement de taffetas, d'une cuisse aperçue au-dessus d'une jarretelle noire, ou d'une croupe devinée à travers un frou-frou de dentelles, accompagnés de senteurs féminines dont il voulait s'enivrer toute la nuit.

Entraîné vers quatorze ans par son ami dans ces activités de voyeurisme nocturne, Martin n'a même pas frémi devant cet étalage de chair, s'intéressant plutôt aux enchaînements musicaux du DJ.

Quatre ans plus tard, Martin n'a jamais fait l'amour. Oscar a beau se démener pour lui trouver une âme charitable capable de l'initier au plaisir charnel, Martin demeure de glace.

Une nuit, tard, tandis qu'il revient de la cuisine un verre d'eau à la main, Martin croit entendre un bruit provenant de la chambre de son père. Il se pensait pourtant seul : son père, en voyage d'affaires depuis deux jours, ne doit rentrer que le surlendemain ; quant à Alexandra, elle est censée être partie passer une semaine chez une amie.

Le bruit s'accentue, sorte de plainte essoufflée. Vaguement inquiet, il s'approche de la chambre. De la lumière filtre sous la porte. Celle-ci étant entrebâillée, Martin peut regarder à l'intérieur.

Alexandra est allongée sur le lit défait, nue, et un homme accroupi devant elle a la tête enfouie entre ses jambes écartées. Elle gémit, la figure révulsée. Martin note que l'homme est jeune, sa carrure musclée et ses cheveux noirs. De façon détachée, Martin l'observe se relever, s'allonger sur sa future belle-mère et la pénétrer d'un violent coup de reins. Les jambes d'Alexandra viennent se nouer autour des hanches de cet homme dont Martin voit maintenant le profil. Il ne le connaît pas. Alexandra soupire plus fort, griffant le dos de l'amant. Martin contemple ces deux corps en mouvement, ces épidermes luisant d'une sueur particulière à l'amour, écoute les gémissements, les plaintes, les halètements. Il se demande si son père est au courant de ces infidélités commises dans son propre lit, et ne peut s'empêcher d'admirer le corps nu d'Alexandra, aux formes pleines et fermes. Persuadé de ne ressentir aucun trouble, il observe froidement ces sexes qui s'emboîtent à une cadence de plus en plus rapide. Alexandra crie maintenant et il se demande s'il l'aurait entendue de sa chambre. Puis l'homme retombe contre elle dans un râle et Martin choisit ce moment pour s'éclipser.

Une fois dans son lit, il remarque, étonné, que sa verge dressée et dure, presque douloureuse, cherche à s'échapper de son caleçon. Il doit alors se soulager, maladroitement car se masturber ne lui arrive pas souvent – chose qu'il n'avoue même pas à Oscar –, en songeant à une femme sans visage au corps accueillant contre laquelle il se blottirait sans crainte.

Martin s'est pris de passion pour l'œuvre d'Émile Zola à quinze ans, en lisant *Nana* pour la première fois. Il dévora d'une traite les vingt romans de l'histoire des Rougon-Macquart, mais *L'Assommoir* au ton argotique devint son livre de chevet. Cette tranche de vie racontant la dégénérescence d'une classe sociale écrasée par le travail, ces descriptions de promiscuité, d'alcoolisme et de misère, de logements aux relents nauséabonds, ces grouillements d'une populace vicieuse fascinaient le jeune homme bourgeois des beaux quartiers, qui n'avait jamais connu d'autre Paris que celui du faubourg Saint-Germain avec ses hôtels particuliers et ses rues opulentes.

Un jour, il ne résista pas à la tentation d'aller traîner dans les quartiers de l'est de la capitale et autour de la butte Montmartre, pour voir la rue de la Goutte-d'Or, où Gervaise tenait sa boutique de blanchisserie, au coin de la rue des Poissonniers, aujourd'hui boulevard Barbès. C'était là que Zola était venu mener son enquête, consignant chaque détail afin d'exposer avec une rigueur scientifique le parcours de la jolie blonde de Plassans entraînée dans une atroce déchéance.

Martin imaginait un homme barbu et râblé, aux lunettes rondes, prenant des notes sur un cahier, et une jeune femme un peu grasse, aux épaules dénudées par sa chemise blanche, transpirant devant son lourd fer à repasser.

À l'angle des boulevards Barbès et Rochechouart se trouvait un café qui n'avait rien à voir avec celui du père Colombe, L'Assommoir. Martin chercha le fameux appareil à distiller, l'alambic de cuivre rouge capable de soûler la capitale, infernale machine qui avait tant impressionné Gervaise – il ne vit qu'un banal comptoir.

Il partit à la recherche du lavoir où Virginie et Gervaise s'étaient âprement battues dans des nuages de vapeur et des exhalaisons d'eau de Javel. En vain. Pourtant il suivait à la lettre le chemin décrit à la page 21 : « Sur le boulevard, Gervaise tourna à gauche et suivit la rue Neuve de la Goutte-d'Or. [...] Le lavoir était situé vers le milieu de la rue, à l'endroit où le pavé commençait à monter. » La rue s'appelait maintenant rue des Islettes, et Martin ne vit rien qui ressemblât de près ou de loin à un lavoir. Le quartier rebaptisé, reconstruit avec le temps, ne possédait peut-être plus rien de ce que Zola avait décrit ; Martin en ressentit une nostalgie passagère, une pointe d'amertume. Il prit le métro à Pigalle pour rentrer rue de Babylone.

C'est à l'arrêt de la station Concorde qu'il eut tout à coup l'idée de son roman. Il passa au Bon Marché acheter du papier, puis se mit au travail une fois chez lui. Sur la première page il tapa :

Pour Kerstin, ma mère, qui avait la blondeur de Nana : « couleur d'avoine fraîche ».

Pour O. Duval, compagnon de toujours.

Martin, ayant finalement obtenu l'autorisation de passer deux semaines à Cabourg chez Oscar, s'ennuie dès le début de son séjour. Germinal, exilé dans un chenil bourguignon pour la durée des vacances, lui manque. Avenue du Casino Ouest, les Duval possèdent une villa à colombages donnant sur la mer. De la fenêtre du salon, Martin contemple avec mélancolie la mer grise et la plage pâle baignée d'un crachin normand qui empêche toute activité extérieure. Martin ne voit guère Oscar, trop occupé à faire la cour à une jeune divorcée de trente ans logeant dans la villa d'en face, venue à Cabourg avec sa fille de trois ans.

Au bout du troisième jour, le climat ne s'arrangeant pas et Oscar n'ayant pas conclu son affaire, Martin daigne manifester quelques signes de mauvaise humeur, que Mme Duval juge surprenants, voire inquiétants. Martin étant d'habitude si placide, elle le croit d'abord malade. S'enquérant de sa santé auprès de lui, elle est vite rassurée : il va bien, il désire juste rentrer à Paris.

— Une fiancée ? susurre-t-elle.

Martin lui offre ce sourire charmeur dont il ne mesure aucunement le pouvoir de séduction, et reste muet.

Mme Duval tente de joindre Victor Dujeu à Ramatuelle afin de l'informer du retour de son fils plus tôt que prévu, mais n'obtient pas de réponse.

— Ne vous inquiétez pas, lui assure Martin une fois à la gare, un pied dans le train. Je lui téléphonerai moi-même en arrivant.

Ce qu'il ne fait pas.

Vivre seul dans l'appartement lui paraît jouissif, même s'il souffre de l'absence de son chien. Son père et Alexandra ne doivent pas rentrer avant une semaine. Martin se réjouit de ces pièces vides, des magasins fermés rue du Bac, des avenues désertes pour cause de migration estivale. Cela ne le dérange pas de marcher jusqu'au coin de la rue de Verneuil pour acheter du pain, d'aller rue de Bellechasse pour trouver un teinturier ouvert, d'aboutir rue Saint-Dominique en quête d'une pharmacie. Paris lui semble beau vidé de ses autochtones, peuplé de touristes éreintés échoués aux terrasses des cafés.

Lettre de Martin à Oscar, des Deux-Magots

Cher Duval,

Il n'y a rien de plus sublime que Saint-Germain-des-Prés au mois d'août. Lorsque je regarde le clocher de l'église se dresser dans un ciel parfaitement bleu, bleu profond comme sur les cartes postales, si bleu qu'on le croit truqué, je me demande ce que tu fais à Cabourg à importuner une mère de famille sous une pluie battante. Quand tu te glisseras dans des draps si humides qu'ils te feront éternuer (ce qui n'est pas souhaitable dans ces moments-là, n'est-ce pas ?) tu regretteras d'être resté en Normandie. Vois-tu, je détaille en ce moment pour toi deux jeunes Italiennes dont l'une, je trouve, serait à ton goût. Elle a ce côté racoleur qui t'a toujours attiré, un sourire qui chante le soleil d'Italie, et une poitrine défiant toute gravité. Quand tu te seras remis, envoie-moi un mot rue de Babylone.

Dujeu

Martin poste sa lettre boulevard Raspail, puis emprunte la rue du Bac pour rentrer chez lui. Arrivé devant la porte cochère condamnée, il se rend compte avec un pincement au cœur qu'elle est déserte. Il pénètre sous le porche dans l'espoir de la trouver là, endormie, s'abritant de la chaleur, mais il n'y a personne, même pas le moindre signe d'elle – pas de mégot, de carton, de papier journal froissé. Le marchand de légumes étant fermé pour l'été comme la plupart des commerçants de la rue, il ne peut se renseigner.

Il rentre rue de Babylone, pensif. Qu'est-elle devenue ? L'a-t-on embarquée pour de bon ? Où peut-elle donc être ? Dans un de ces dépotoirs pour sans-domicile fixe ? Est-elle partie tenter sa chance ailleurs ? A-t-elle changé de quartier ? Bizarrement, et Martin a conscience de cette bizarrerie, il lui en veut d'être partie sans laisser de trace, de s'être volatilisée pendant son séjour à Cabourg.

Dans l'appartement, il constate qu'il n'y a pas grand-chose pour le dîner. Le seul supermarché ouvert en août dans le quartier est celui de la rue de Verneuil. Il ressort. La rue s'étale devant lui, dépeuplée et tranquille, sans passants, sans voitures, comme dans un village. Arrivé boulevard Saint-Germain, il regarde passer les bus 83 et 63 entièrement vides. Il traverse et continue la rue du Bac vers la Seine, débouche sur celle de Verneuil où, là aussi, les commerçants ayant baissé leurs grilles ou fermé leurs volets de fer, on lit ces mêmes mots sur chaque devanture : « Magasin fermé pour congés annuels. Réouverture le 1er septembre. »

Le seul commerçant qui n'a pas pris de vacances, en l'occurrence le supermarché en face du 41, est bondé. Aux riverains faisant leurs courses s'ajoutent les visiteurs affamés ou assoiffés du musée d'Orsay voisin, caméra en bandoulière et plan du quartier à la main, qui, trop contents d'avoir enfin trouvé un magasin d'alimentation ouvert dans une capitale à demi fermée pour l'été, se ruent sur les boissons, les gâteaux et les chips. Martin se fraie un passage à travers un groupe d'Américains pour atteindre le rayon des produits frais.

En sortant, au lieu de reprendre la rue du Bac, il poursuit rue de Verneuil avec l'idée de passer devant l'hôtel particulier de Gainsbourg afin de lire les nouveaux graffitis sur les murs du compositeur défunt. Passé la rue de Beaune, en allant vers celle des Saints-Pères, la rue de Verneuil devient moins commerçante et plus déserte encore, à part quelques touristes marchant vers Saint-Germain-des-Prés.

De loin, Martin aperçoit la façade blanche de la dernière demeure de l'artiste, personnage qui le fascinait. Il se souvient du jour de sa mort, lorsqu'il est venu avec Oscar se recueillir devant l'immeuble parmi des centaines de personnes, se rappelle combien la circulation était difficile ce jour-là dans le quartier. Paris rendait hommage à un poète maudit et les rues du « carré rive gauche » se trouvaient engorgées d'une procession silencieuse et accablée venant déposer devant la grille de l'hôtel fleurs, lettres, choux, paquets de Gitanes et lunettes noires. Martin aime l'idée que même après la mort de Gainsbourg, des gens viennent lui écrire sur les murs de sa maison, préservant une ancienne coutume.

Il arrive à hauteur de la rue Allent, ruelle étroite à un seul numéro qui relie la rue de Verneuil à celle de Lille. Il apprécie cet endroit paisible ; il y a un beau magasin d'antiquités, spécialiste d'objets scientifiques, devant lequel Martin s'arrête souvent. Un arbre situé au coin devant l'école maternelle apporte un peu de fraîcheur avec ses branches touffues.

Alors qu'il traverse, une voix familière le fait sursauter :

— Tiens, tiens, Martin Dujeu, on s'promène sans son toutou ?

C'est elle.

Assise sous l'arbre, sur un banc, une bouteille de cidre à la main, elle sourit de ses dents gâtées. Jamais elle ne lui a souri ainsi, à croire qu'elle veut se racheter d'avoir été méchante lors de leur dernière conversation.

Il s'approche, souriant à son tour. Les graffitis de Gainsbourg, oubliés.

— Je vous cherchais, lui dit-il.

Elle hausse les épaules, boit une gorgée et lui lance un regard malicieux.

— Qu'est-ce tu veux, j'ai pris mes quartiers d'été moi aussi ! Vers le 15 août, Gaspard me prête son banc et son arbre.

— Gaspard ?

— Gaspard de Verneuil. Tu l'connais pas ? Tu l'as jamais vu ?

— Non, dit Martin, qui a la vision d'un richissime aristocrate au cœur d'or, propriétaire de la rue.

— Ah, c'est vrai, toi tu vois rien. T'es dans la lune. Rue du Bac, l'été, c'est la fournaise. Avec Gaspard, on s'est arrangés. Il fait frais sous son arbre, alors il m'le file de temps en temps, pendant qu'il fait ses courses.

— Il habite un appartement dans cette rue ?

Elle éclate de rire.

— Mais non, mon coco, c'est une cloche, comme moi. Il squatte dans cette rue et c'est pour ça qu'on l'appelle de Verneuil.

Le clodo qui fait la manche rue Bonaparte s'appelle Jeannot de Bonaparte, le grand Noir qui se saoule la gueule devant l'église, c'est Moïse d'Aquin, tu m'suis ?

— Oui, fait Martin. Et vous, c'est du Bac ?

— T'as tout compris. Mon blaze, c'est Titine du Bac.

— Titine ?

— Célestine. Mais plus personne m'appelle comme ça.

— Célestine du Bac, murmure Martin. Cela vous va bien.

Elle ne l'écoute pas, occupée à chercher une cigarette dans son panier. Martin la regarde, ému par l'échine maigre, les coudes pointus, la chevelure abîmée retenue par un ruban de velours noir effiloché.

Un petit homme à la barbe grisonnante, d'une quarantaine d'années, aux vêtements tâchés et aux chaussures en lambeaux s'approche d'eux d'une démarche hésitante, comme s'il avait mal aux pieds. Malgré la chaleur étouffante, il porte une casquette qui lui couvre la tête.

— Tiens, y a le Gaspard qui rentre, annonce Célestine en rallumant un mégot. On va pouvoir becqueter.

L'homme s'approche et dévisage Martin d'un air méfiant.

— T'inquiète, Gaspard, lance-t-elle. C'est un brave mecton, un p'tit voisin à moi.

Mais Gaspard ne perd pas son air soupçonneux, mettant Martin mal à l'aise. Il porte un cabas qu'il tient près de lui, comme s'il contenait un trésor.

Puis il dit d'une voix grave et étonnamment distinguée :

— Je vous prie de bien vouloir nous excuser, monsieur, mais nous préférons dîner seuls.

— Fais pas tes chichis, Gaspard, c'est un gosse.

Martin s'esquive, ayant du mal à soutenir le regard aiguisé de l'homme.

— Ce n'est pas grave, je vous laisse. Bonsoir.

Ils ne lui répondent pas, accaparés par le déballage du précieux cabas qui doit contenir des restes trouvés dans des poubelles.

Martin s'éloigne, puis les observe tous deux, assis sur leur banc, se jetant sur quelques feuilles de salade flétries, des morceaux de viande dont même Germinal ne voudrait pas, des rognures de pain rassis, avalés avec quelques gorgées de cidre tiède. Martin a soudain honte de son sac rempli de provisions. Il se rapproche d'eux, le tenant devant lui pour leur montrer qu'il veut leur offrir son repas.

Gaspard de Verneuil lève à ce moment la tête et le fixe avec tant d'agressivité qu'il a peur et recule vivement. Le visage de l'homme tremble de fierté et de haine. Célestine, elle, mange les yeux fermés, et ne se rend compte de rien.

Martin passe devant la maison de Gainsbourg sans la voir.

4

Naissance d'une amitié

— Je te croyais en Normandie, chez les Duval, lui dit son père en arrivant du Midi.

Martin hausse les épaules.

— Je m'ennuyais, je suis rentré.

— Depuis combien de temps ?

— Quelques jours, lâche Martin, évasif.

— Tu aurais pu me téléphoner pour me prévenir.

— Oui, j'aurais pu, mais je ne l'ai pas fait.

Victor Dujeu le trouve insolent, ce qui est nouveau dans son comportement. Il étudie le visage fermé de son fils, scrute ce regard dissimulé derrière les verres épais et choisit de ne rien ajouter. Martin est majeur, après tout. Depuis peu, mais majeur tout de même.

— Alexandra n'est pas avec toi ?

— Non, elle est restée à Ramatuelle, chez des amis.

Martin a une vision fugitive mais précise du corps nu et bronzé d'Alexandra s'abandonnant à quelque débauche dans une piscine turquoise.

— Je peux aller chercher Germinal demain ? demande-t-il brusquement à son père.

Celui-ci allume un cigare avec le cérémonial habituel. Martin patiente jusqu'à la fin du rituel.

— J'ai payé le chenil d'avance jusqu'à la fin du mois, marmonne Victor Dujeu, le cigare entre les dents.

— Je te rembourserai.

Victor Dujeu n'a pas envie de se battre. Son fils préfère la compagnie d'un chien à celle de son père, il faut bien s'y résoudre et accepter cet état de fait.

— Va le chercher demain matin. Je m'occuperai de l'argent plus tard.

— Merci, père.

Victor Dujeu fait un geste vague de la main.

Le lendemain, Martin prend un train à la gare de Lyon pour Villeneuve-sur-Yonne, puis marche pendant une dizaine de minutes jusqu'au chenil.

— Il n'a pas été bien sage, lui dit la directrice de l'établissement. Il a mangé une des poules du voisin, il m'a dévoré une laisse en cuir et, avant-hier, figurez-vous qu'il a trouvé le moyen d'entrer dans la cuisine et de s'empiffrer de tarte tatin.

— Vous savez, les beagles sont des chiens de meute, répond Martin, ils ont des instincts immodérés.

— C'est surtout une question d'autorité, réplique la directrice. Allez chercher votre beagle, monsieur Dujeu, il s'ennuie beaucoup.

Il aperçoit son animal sous le préau où sont parqués toutes sortes de chiens. Germinal paraît déprimé. Allongé à plat ventre, la tête posée sur ses pattes de devant, il semble froncer les sourcils et réfléchir à une prochaine bêtise.

À la vue de la silhouette familière qui s'avance vers lui, il dresse les oreilles, puis sa truffe noire se met à trembler, sa queue à battre frénétiquement, et, n'y croyant pas encore, il se met sur ses quatre pattes, le museau à l'affût, l'œil brillant. Se rendant compte que c'est bien son maître et non pas un mirage, Germinal devient fou, aboyant à tue-tête, bondissant autour de Martin, faisant trois fois le tour de l'enclos à toute vitesse. Les autres chiens l'observent, stupéfaits. Un autre beagle, plus âgé et rondouillard, se joint à sa course effrénée en jappant furieusement.

Dans le train du retour vers Paris, une main posée sur la tête carrée de son compagnon, Martin se sent enfin lui-même, comme si une partie manquante de son corps venait de lui être rendue.

Célestine écrit dans son grand cahier, assise en tailleur, son habituelle cigarette aux lèvres. Martin s'est installé près d'elle avec Germinal. Un passant, le prenant sans doute pour un mendiant, lui donne une pièce de cinq francs. Surpris, il la regarde, puis glisse la pièce dans le panier de Célestine.

— Merci, mon coco, dit celle-ci, sans lever les yeux de son cahier.

— Qu'est-ce que vous écrivez ? lui demande Martin.

— Ça t'regarde pas.

— Pourquoi ?

— Parce que c'est mon journal intime.

— Moi aussi, j'écris, dit Martin.

— Un journal ?

— Non, un roman.

— Et ça parle de quoi, ton roman, Martin Dujeu ?

Du tac au tac :

— Cela ne vous regarde pas.

Certains jours, elle se laisse approcher, lui sourit, le salue, mais d'autres, comme un gros nuage noir qui tache un ciel pur, il lit l'orage sur son visage, la détresse et la souffrance. Alors il l'évite, emprunte l'autre trottoir, sachant qu'elle n'a pas envie de discuter. Il y a Célestine-Gaie et Célestine-Triste ; il faut laisser cette dernière tranquille, à tout prix.

Un jour il est presque jaloux de voir de loin un homme élégant d'un certain âge lui parler longuement, et lui donner de l'argent et un paquet de cigarettes.

— Qui c'était, ce monsieur ? Un ami ?

— Oui, un grand pote. Je l'connais depuis des lustres, il vient me voir, comme ça, de temps en temps. Je l'ai connu quand je traînais près de la rue de Montalembert, avec Moïse. Tous les matins, il m'achetait un croissant, il m'disait : « Titine, il faut bien commencer la journée ! » Sa gonzesse, elle aimait pas qu'il me parle, à croire qu'elle était jalouse. Comment on peut être jalouse d'un vieux tas de merde comme moi ! Cela dit, à l'époque, j'étais un peu plus fraîche qu'aujourd'hui.

— Vous avez quel âge ? demande Martin.

— Dis donc, l'asperge, c'est une question à poser à une dame, ça ?

Martin rougit.

— Excusez-moi.

Célestine le regarde, amusée.

— Tu d'viens vraiment pivoine, toi ! Quel âge j'ai ? J'en sais rien, j'ai oublié. On me le fête plus depuis longtemps, mon anniv.

— Vous n'avez pas d'amis, de parents, d'enfants qui s'en souviennent ?

Célestine du Bac tourne son visage anguleux vers Martin et le darde de son regard noir.

— Martin Dujeu, tu poses trop de questions.

Lettre d'Oscar à Martin

Mon cher Dujeu,

Figure-toi que la côte normande se porte bien sans toi. Nathalie est repartie à Poitiers avec sa fille, je pense qu'elle gardera un super souvenir de Cabourg (la petite peut-être moins, vu qu'elle a passé le plus clair de son temps au club des Marsouins sur la plage, pendant que je me tapais sa mère). Il ne pleut plus, d'ailleurs il n'a pas plu depuis que tu es parti. Je tente une ouverture en ce moment du côté de Deauville, où j'ai repéré sur les planches un mannequin british répondant au doux prénom d'Emily. Étant donné qu'elle est accompagnée de son mec, ma tâche se complique et, échafaudant des plans dignes de Mme de Merteuil, je suis, comme tu peux l'imaginer, absorbé par ma mission. Ma mère est persuadée que tu es parti pour retrouver une fille. A-t-elle raison ? Comment va la perverse Alexandra ? Te serais-tu cassé aussi vite afin de continuer à épier ses infidélités ? Je rentre début septembre. D'ici là, tu auras peut-être quelques détails croustillants à me confier…

Amitiés,

Duval

Le lendemain matin, un des derniers du mois d'août, Martin se lève tôt et Germinal est surpris d'être réveillé à une heure si matinale. La rue du Bac sommeille encore, seul le ronronnement continu du trafic boulevard Saint-Germain rompt le silence.

Sous sa porte cochère, Célestine dort, enveloppée de son manteau troué. On ne distingue que le bout de ses pieds nus. Martin dépose à côté d'elle, sans faire de bruit, un croissant encore chaud et un paquet de cigarettes.

Longtemps, il la regarde dormir, ressassant les mêmes questions, celles qu'il rêve de lui poser : qui est-elle ? Pourquoi a-t-elle abouti là ? A-t-elle eu des enfants, un mari, un homme qui l'aimait, et pourquoi est-elle seule maintenant ? Pourquoi a-t-elle choisi de vivre rue du Bac ? Et l'hiver, comment fait-elle pour dormir, pour manger ? Elle doit, comme tous ceux qui vivent dans la rue, redouter l'approche du froid, des nuits qui tombent tôt, des jours qui se lèvent tard.

Martin ne peut plus regarder les SDF comme avant, ou plutôt il ne peut plus ne pas les regarder. Il est affolé par leur nombre. D'où viennent-ils ? Comment vivent-ils ? Il y en a partout : ceux du métro qui déclament d'une voix monocorde le récit de leur déchéance, ceux qui ne disent rien, mornes et abattus, accrochés à leur bouteille comme à une bouée de sauvetage, puis ceux qui sont trop soûls pour être conscients, étendus ivres morts à même le trottoir, baignant dans leur crasse, et qu'on enjambe avec indifférence. Partout, ils sont partout, la paume tendue à la sortie des grands magasins, sur les bancs publics, devant les queues des cinémas, aux feux rouges. On ne peut leur donner d'âge, car ils sont sans âge, sans identité, sans domicile. Martin se dit qu'il y en a tant, à Paris, des Gaspard de Verneuil, des Célestine du Bac, qu'on finit par ne plus les voir, par devenir détaché à leur égard.

Célestine tressaille dans son sommeil.

Martin s'en va lentement, afin de ne pas la réveiller. Il rentre chez lui, sentant avec une nouvelle inquiétude une pointe de froid dans l'air, signe de l'approche de l'automne. L'été s'efface, laissant place à l'arrière-saison. Martin n'a jamais aimé ce parfum d'été mourant, cette imminence de la rentrée, des choses ennuyeuses et sérieuses. Mais pour la première fois de sa vie, en cette fin de vacances, il songe à quelqu'un d'autre qu'à lui-même ; il pense aux petits matins frais à venir, aux longues nuits froides, aux pieds nus de Célestine et il regrette la chaleur de l'été qui s'en va.

Il sait, en pénétrant dans l'appartement, qu'Alexandra est rentrée ; son parfum sensuel flotte dans le vestibule et, tandis qu'il referme la porte, il entend du salon son rire cristallin. Bronzée, les cheveux décolorés par le soleil, elle semble plus séduisante encore. Martin ne veut pas se l'avouer.

— Il paraît que tu t'es emmerdé à Cabourg ?

— Il pleuvait tout le temps.

— Ah, fait Alexandra, la Normandie…

Elle le regarde fixement.

— Tu aurais dû venir avec nous à Ramatuelle. Le soleil, les cigales, la chaleur…

Elle se tait, évasive, l'observant de ses yeux verts de reptile.

Martin ne répond rien, tentant d'évincer le trouble obscur qu'elle fait naître en lui.

Septembre arrive et, avec lui, les bouchons du matin, les autobus bondés et les difficultés à se garer.

Victor Dujeu a inscrit son fils dans une boîte à bac du Ve arrondissement, notoire pour sa sévérité, son sectarisme et ses excellents résultats. Cela ne fait aucun effet à Martin de tripler sa terminale. Il a eu un an d'avance jusqu'en première, au moment où il s'est mis à écrire son roman. Le retard s'est manifesté à cette époque-là. Il préférait se consacrer à son manuscrit qu'aux devoirs scolaires, trop fastidieux à son goût.

Au lycée Duruy, lors de son premier échec au bac, le directeur de l'établissement demanda à voir son père.

— Votre fils a décroché, dit-il à Victor Dujeu, à croire que les études ne l'intéressent plus. Étant donné son parcours jusqu'ici brillant, notamment en philosophie, je ne parviens pas à comprendre les raisons de ce laisser-aller.

L'homme toussa délicatement.

— C'est pour cela, monsieur Dujeu, que j'ai souhaité vous rencontrer, afin de voir avec vous s'il n'y a pas d'autres explications à ce décrochage.

Victor Dujeu ne sut que répondre.

— Martin a-t-il fait des rencontres qui pourraient expliquer ce changement de comportement ? Est-il de nature influençable ?

Victor Dujeu réfléchit, mais ne vit devant lui que le visage sibyllin de son fils.

— Il est très secret.

— Ils le sont souvent à cet âge, monsieur. C'est un âge dangereux, vous savez.

— Il ne se drogue pas, si c'est cela que vous insinuez.

— Vous en êtes sûr ?

— Oui.

— Vous avez pourtant le sentiment qu'il vous cache quelque chose ?

— En quelque sorte.

— Il a une petite amie ?

— Je n'en ai pas vu.

— Que fait-il de son temps libre ?

— Il a un ami d'enfance qu'il voit fréquemment, dont je connais les parents, un garçon sain, bien qu'un peu trop porté sur les filles. Il promène son chien, dont il s'occupe beaucoup. Et puis il s'enferme des heures dans sa chambre.

— Des heures ?

— Longtemps, disons. Je crois qu'il lit.

— Il se confie à vous ?

— Jamais.

— Et à sa mère ?

— Sa mère est morte quand il avait deux ans.

Silence.

— Vous devriez essayer de communiquer un peu plus avec lui.

Victor Dujeu sourit de manière ironique.
— J'ai déjà essayé.
— Essayez encore.
Ainsi naquirent les mardis du Mandarin de Jade.

À l'angle de la rue du Bac et du boulevard Saint-Germain se trouve un grand café, assez cher, fréquenté par des touristes. Martin l'aime pour sa terrasse qui surplombe le boulevard. Il peut passer des heures à regarder l'affluence des voitures, dont la plupart débouchent de la rive droite et de la place de la Concorde dans un flux qui ne semble jamais s'interrompre.

— Je vous invite à prendre un café, lance-t-il à Célestine, un samedi après-midi.

— Un café ? Avec toi ? Là-bas ?

— Oui.

— Mais ils vont pas m'laisser m'asseoir à leur terrasse à la con !

— Venez, dit Martin.

Les garçons de café, affairés, ne font aucun commentaire sur la gêne que Célestine pourrait occasionner à leur clientèle. Mais Martin capte des remarques qui fusent autour d'eux, et plusieurs tables se vident, sans doute incommodées par la forte odeur de Célestine, à laquelle il s'est habitué. Il se sent blessé des regards dédaigneux qu'on lance vers elle. Elle ne voit rien, contente d'être assise là à boire un grand crème.

— Vous avez faim ? lui demande Martin.

— Si j'ai faim ? Mais j'ai tout le temps faim ! s'écrie-t-elle.

— Prenez ce que vous voulez.

Elle déchiffre péniblement le menu, salivant d'avance, et change trois fois d'avis devant le garçon imperturbable qui recommence chaque fois sa commande.

Martin doit subir les coups d'œil de ses voisins de table qui s'esclaffent devant l'appétit féroce de Célestine, répugnés par sa façon de manger avec les doigts, le menton dégoulinant de graisse, accompagnant le tout d'un masticage sonore.

Tandis qu'elle termine son dessert, un homme vient se poster devant eux en se frottant les mains de façon obséquieuse.

— Je suis le directeur de l'établissement, et...

— Je sais ce que vous allez nous dire, l'interrompt Martin, et l'homme est surpris de la froideur de son regard. On s'en ira dès que madame aura terminé son repas.

— Je vous en remercie, monsieur, car j'ai reçu des plaintes de plusieurs tables...

Célestine lâche un rot gras, suivi d'un autre, à peine plus discret. Martin sourit devant le visage pétrifié du directeur. Une dame assise à une table avoisinante fait une moue dégoûtée, d'autres rient, d'autres encore arborent des expressions scandalisées.

— Avez-vous fini ? demande doucement Martin à Célestine.

— Oui, mon coco.

Martin règle l'addition, sans laisser un franc de pourboire.

Sa curiosité éveillée, le directeur du café les regarde partir, deux silhouettes aussi hautes que maigres se dirigeant vers la rue du Bac.

— Pourquoi t'es si sympa avec moi ? demande Célestine.

— Comme ça, répond Martin, mal à l'aise.

— Les tiges, les croissants, la bouffe, pourquoi ?

Il ne dit rien.

— T'as pitié de moi ?

— Non, je n'ai pas pitié de vous. J'ai peur pour vous, mais ce n'est pas de la pitié.

— Peur ? Peur de quoi ?

— J'ai peur que vous ayez froid l'hiver, j'ai peur que vous n'ayez pas assez à manger.

Elle hausse les épaules.

— On s'y fait. C'est dur au début, puis on prend l'habitude.

— C'était quand, le début ?

— Je te l'ai déjà dit, tu poses trop de questions.

— Vous n'aimez pas parler de vous.

— Non.

Silence.

— Toi non plus, t'aimes pas parler d'toi.

— C'est vrai.

— J'peux t'poser des questions ?

— Essayez toujours.

— Elle est où, ta mère ?

— Elle est morte quand j'avais deux ans, dans un accident d'avion.

— Il va s'remarier avec sa minette, ton paternel ?

— Oui, je crois.

— T'as une poule, toi ?

— Non.

— Pourquoi ?
— Je ne sais pas.
— Ça parle de quoi, ton roman ?
— Célestine du Bac, vous posez trop de questions.
— Tu vois ?

5

Alexandra

Kerstin devait, depuis longtemps, passer ce Noël-là dans sa famille en Suède. Il était prévu qu'elle emmène son fils mais, à la dernière minute, Martin tomba malade et oncle Henri, son pédiatre, jugea qu'il valait mieux que le petit reste à Paris – Martin a souvent entendu dire qu'une bronchite lui sauva la vie. Kerstin le confia à sa belle-sœur Mathilde, angoissée à l'idée de laisser son petit garçon malade, puis partit avec une valise remplie de cadeaux pour sa famille.

Toute la journée, Victor Dujeu ressentit un malaise dont il ne pouvait se libérer. Sa journée se passa mal. Il perdit une affaire, fit un plaidoyer médiocre, se disputa avec un collègue et n'avait qu'une envie : rentrer chez lui.

L'avion de Kerstin décollait à dix-huit heures quarante-cinq.

Il faisait froid ce 23 décembre et Paris, décoré de ses lumières de Noël, grelottait. L'appartement de la rue de Babylone, sans Martin ni Kerstin, parut sinistre à Victor. Il ressortit, marcha dans le quartier, lutta contre le froid puis, vaincu, s'engouffra dans un restaurant où il dîna seul, en proie à cette angoisse étrange. Sur le chemin du retour, celle-ci s'accentua, jusqu'à devenir insupportable.

Une fois sur le palier, en cherchant longuement sa clef, il entendit le téléphone sonner, sonner sans cesse, et il prit conscience que quelque chose était arrivé. Enfin il put ouvrir la porte et répondre au téléphone dans le noir.

C'était Henri, son frère, lui annonçant d'une voix brisée que l'avion de Kerstin s'était écrasé quelque part au Danemark, sur les rives de la mer Baltique, et qu'il n'y avait aucun survivant.

Il comprit enfin la raison de l'appréhension qui ne l'avait pas quitté de la journée et posa le combiné. Il resta longtemps dans l'obscurité, abruti, jusqu'à ce que son frère arrive.

On n'a jamais su pourquoi cet avion s'était écrasé. Il était tombé du firmament, d'après les témoins, énorme boule de feu dans un ciel noir, pour s'abîmer sur une petite ville danoise, tuant ainsi sur le coup une cinquantaine de personnes de plus, qui, à vingt heures, regardaient la télévision, soupaient, lisaient, sans se douter que l'enfer allait s'abattre des cieux sur leur foyer paisible.

Les habitants de la ville, affolés par le bruit de l'avion s'écrasant sur les maisons, furent pris d'épouvante en sortant de chez eux et en regardant alentour. Le nez de l'avion, démesuré, gisait au milieu d'une rue. Tout autour, à une dizaine de kilomètres à la ronde, sur les trottoirs, sur les toits, pendus aux arbres enneigés, l'on trouva des corps déchiquetés, des panneaux de tôle froissée, des morceaux de fauteuils, des valises éventrées.

Victor Dujeu, accompagné de son frère, partit le lendemain matin sur les lieux du drame. La petite ville de N., fermée par les forces de l'ordre, ne laissait entrer que les familles des victimes, afin de repousser la foule de curieux venus sur les lieux de l'accident. Pourquoi faisait-il si beau, ce jour-là, au bord de la Baltique ? Si beau, alors que la neige était tachée d'injustice, que le nom de cette petite ville sans histoire où il ne s'était jamais rien passé allait devenir pour des centaines de personnes synonyme d'horreur.

C'est devenu une habitude. Tous les matins, en partant en classe, Martin apporte un croissant à Célestine et, chaque soir en rentrant, il passe une demi-heure avec elle.

— Vous êtes devenus de grands amis, note le marchand de légumes.

— Oui, fait Martin fièrement.

— Depuis qu'elle vous connaît, j'ai remarqué qu'elle boit beaucoup moins. Savez-vous que dès cinq heures et demie, elle vous guette ? L'autre jour, elle s'est brossé les cheveux avec un peigne. Elle est plus aimable. Elle fait de temps en temps sa mauvaise tête, mais moins qu'avant.

Martin la rend gaie. Elle semble s'être attachée à ce grand garçon calme, avare de ses mots, mais pas de ses sourires. La plupart du temps, ils ne se parlent pas beaucoup, sachant que ni l'un ni l'autre n'aime les confidences, par pudeur, par timidité.

Un jour, Martin voit son père sur le trottoir d'en face avec Alexandra et se cache au fond du porche.

— T'as honte de moi ? fait Célestine, blessée.

— Non, répond Martin, j'ai honte de mon père.

Alexandra, dont le regard ne laisse rien échapper, l'a vu, et continue son chemin comme si de rien n'était, de sa démarche souple et serpentine.

— Qu'est-ce que tu fais avec cette vieille clocharde ? s'étonne-t-elle au dîner.

— Tu n'as qu'à lui demander, répond Martin.

— Je te trouve bien arrogant, remarque Victor Dujeu.

Martin se tait.

— C'est la femme de la rue du Bac dont tu m'as parlé ?

— Oui.

— Je l'ai vu assis à côté d'elle, dit Alexandra. Et ce n'est pas la première fois.

Victor Dujeu dévisage son fils, surpris.

— C'est vrai ?

— Oui. Je lui donne un peu d'argent, de temps en temps des choses à manger. C'est une femme intéressante.

— Tu devrais peut-être t'intéresser davantage aux filles de ton âge, réplique Alexandra.

— Et toi, tu devrais peut-être t'intéresser plus à mon père, surtout quand il n'est pas là.

Silence.

Victor Dujeu s'arrête de mâcher.

— Martin, qu'est-ce que ça signifie ?

— Demande-le à ta fiancée.

— Je trouve ton attitude insupportable. Sors de table et va dans ta chambre !

Martin se lève, nonchalant.

— Tu sais, je n'ai plus quinze ans…

Il sort de la salle à manger et ferme la porte derrière lui.

— Je ne le reconnais plus, soupire Victor Dujeu.

— C'est l'âge, dit Alexandra. Et puis, il est mal dans sa peau, ton fils.

— Qu'est-ce qu'il a voulu dire à propos de toi ?

Elle hausse les épaules.

— Rien du tout, il voulait être méchant. Il ne faut pas l'écouter. Laisse-le à sa vieille clocharde.

Martin écrit en général tard, jusqu'à minuit. Puis il se couche et lit.

Vers une heure du matin, alors qu'il est plongé dans *La Faute de l'abbé Mouret*, savourant les progrès de la passion maudite de l'abbé pour la sensuelle Albine, la porte de sa chambre s'ouvre doucement. Il voit entrer Alexandra, vêtue d'un peignoir en soie rose qui dévoile jusqu'à mi-cuisse ses longues jambes bronzées.

Elle ferme la porte et s'y adosse, cambrant les reins, de sorte que ses seins nus pointent à travers le tissu rose, et le fixe de ses yeux olive, mains derrière le dos, muette.

Martin se redresse dans son lit.

— Qu'est-ce que tu veux ?

Elle s'approche et il a peur de ces cuisses nues au fin duvet doré qui s'installent sur son lit, à quelques centimètres de lui.

Elle parle enfin :

— Tu m'as vue ?

— Oui, pendant un voyage d'affaires de mon père. Avec un homme brun.

— Qu'est-ce que tu as vu exactement ?

— J'ai tout vu.

— Ton père ne sait pas que je le trompe.

— Je m'en doute.

— Je ne veux pas qu'il le sache.

— Sinon il ne voudrait plus t'épouser, n'est-ce pas ?

— Ton père a besoin de moi, Martin. Il est amoureux de moi.

— Il ne sera jamais amoureux de toi.

— Il veut m'épouser.

— Parce qu'il s'ennuie. Jamais tu ne pourras remplacer ma mère.

Alexandra croise ses longues jambes et Martin ne peut s'empêcher de les caresser des yeux.

— Ton père a besoin de moi, Martin, parce que je le rends heureux. Je le rends jeune.

— Alors pourquoi le trompes-tu ?

— J'aime faire l'amour. J'aime séduire, j'aime les hommes. Cela te choque ?

— Non, mais cela me fait de la peine pour lui. Il te croit fidèle. S'il apprend que tu le trompes…

Alexandra dévoile ses incisives un peu trop pointues.

— Mais il ne l'apprendra pas.

— Tu es bien sûre de toi.

Elle s'approche et il sent son haleine chaude sur son visage.

— Raconte-moi, Martin, tu as aimé ce que tu as vu dans la chambre de ton père ?

Malgré lui, Martin sent une chaleur naître dans son bas-ventre.

— Tu m'as regardée longtemps en train de faire l'amour ?

Elle avance, souple et agile comme une couleuvre, son peignoir glisse de ses épaules rondes et dorées, laissant apercevoir la naissance de ses seins.

Affolé, Martin sent sa respiration s'accélérer, son cœur battre à tout rompre.

Elle baisse le drap d'une main rapide, caresse son torse nu, son ventre, sa verge.

— Je suis sûre que tu as tout regardé, que tu es resté longtemps derrière la porte, jusqu'à la fin. Tu m'as vue jouir ?

Il tente de l'écarter, mais capitule lorsque les lèvres d'Alexandra, brûlantes, enveloppent son sexe. Il s'abandonne à la dextérité de sa bouche de velours. Il jouit vite, avec une violence douloureuse, comme il n'en a jamais connu. Puis un grand alanguissement s'empare de lui.

Alexandra se lève, rajuste son peignoir, ôte les lunettes de Martin et les pose sur la table de chevet. Elle éteint la lumière et sort de la chambre.

Avant de refermer la porte, elle lâche à voix basse :

— Bonsoir, Martin. Dors bien.

— Je me suis fait avoir par ma future belle-mère.

— Celle qui est sapée en tailleur Chanel ?

— Quoi ? Vous savez ce que c'est, un tailleur Chanel ?

— J'ai dû en avoir un, dans ma jeunesse.

Martin est tenté de poser mille questions, mais il s'abstient. Et continue :

— Elle ne voulait pas que je raconte à mon père qu'elle le trompe.

— T'allais le faire ?

— Peut-être.

— Tu m'as l'air bien gêné ce matin, mon garçon, j'te trouve une drôle de gueule…

Martin reste muet.

— Laisse-moi d'viner… Pour t'empêcher de jaser, elle a dû tenter d'te séduire, c'est ça ?

— Elle n'a pas tenté, elle a réussi.

— T'as couché avec ta belle-doche ! glousse Célestine. Ça, c'est la meilleure !

— Techniquement, je n'ai pas couché avec elle, précise Martin.

Célestine fronce les sourcils.

— Ah, elle t'a fait une turlutte ?

— Appelez cela comme vous voulez.

— Enfin, tu t'es laissé faire…

— Oui.

— Et t'en voudrais encore…

— Oui, murmure Martin, en baissant les yeux.

— Mais y a pas à avoir honte, mon pauvre garçon ! Arrête de jouer les saintes-nitouches !

— C'est quand même la future épouse de mon père.

— Te v'là moraliste à présent ! Si ta belle-doche a envie d'te faire des gâteries, j'vois pas pourquoi tu refuserais.

— Moi non plus, fait Martin à voix basse. Moi non plus…

— Tu ne me racontes plus rien, Dujeu, se plaint Oscar, un samedi au jardin du Luxembourg. On ne se voit pas, je ne t'ai aperçu que deux fois depuis la rentrée, tu ne m'appelles plus…

— J'ai une nouvelle confidente.

— Une copine ?

— Oui, une copine.

— Et alors ?

— Alors, je la vois beaucoup.

— Tu ne veux pas me la présenter parce que tu as peur que je te la pique ?

Martin rit franchement.

— Elle n'est pas du tout ton genre.

Oscar, du haut de son mètre soixante-huit, s'exclame avec superbe :

— Toutes les femmes sont mon genre !

— Pas celle-là.

— Quoi, elle est moche ?

— Elle n'est pas très belle.

— Mais elle te plaît ?

— Ce n'est pas ça, j'aime être avec elle, j'aime l'écouter.

— Donc elle te plaît.

— Je n'ai pas envie de coucher avec elle, si c'est cela que tu veux dire.

— Alors que fais-tu avec elle ?

— Je lui parle, un peu, elle me parle aussi, nous apprenons à nous connaître. Elle écrit un journal intime que j'aimerais beaucoup lire.

— Elle ne veut pas ?

— Je ne lui ai pas demandé directement, mais je pense qu'elle refuserait. Je vais lui proposer de lire mon roman en échange, et peut-être qu'elle acceptera.

— Je suis jaloux, dit Oscar. Tu ne m'as jamais proposé de lire ton roman, et je te connais depuis la maternelle. Cette fille qui sort de nulle part a tous les droits sur toi.

— Ce n'est pas une fille, c'est une femme.

— Mon pauvre Dujeu… Ah, on s'en souviendra longtemps de ta première meuf !

— Ce n'est pas ma meuf.

— Tu parles ! Je parie que c'est une étudiante boutonneuse de ta boîte à cancres, à qui tu as roulé une pelle dans un couloir et qui a su te parler correctement de Kierkegaard.

Martin sourit.

— Je te la présenterai un jour.

— Je t'en présenterais de bien mieux, si seulement tu me laissais faire…

Célestine tousse, surtout depuis qu'il fait plus froid le matin. Une toux grinçante qui vient par quintes et qui inquiète Martin.

— Vous devriez vous soigner.

Elle rit, en toussant de plus belle.

— C'est pareil tous les ans à c't'époque, et l'hiver c'est pire. Te fais pas d'bile, j'suis pas malade.

Cela n'empêche pas Martin de lui acheter un sirop. Trouvant le médicament légèrement alcoolisé, elle le boit d'un coup. Il se fâche, lui expliquant que c'est dangereux, elle réplique que de toute façon, si elle crève, personne ne remarquera sa disparition.

— Vous savez bien que ce n'est pas vrai, dit Martin sèchement.

Elle se tait, puis lui demande pardon.

— T'es un brave garçon et moi une vieille folle.

Il lui sourit pour la réconforter, ne pouvant s'empêcher de constater qu'elle a le teint plus gris que d'habitude, les yeux las, comme si elle avait subitement vieilli. Il en est effrayé.

Alexandra n'adresse plus la parole à Martin. À croire qu'elle l'évite maintenant qu'elle semble sûre de son silence. Il ne peut s'empêcher de perdre contenance devant elle, se souvenant de ce qui s'est passé tard une nuit dans sa chambre. Parfois, le désir d'elle le prend, terrible. Martin lutte contre cette envie de toutes ses forces, se doutant qu'elle le voit résister, et qu'elle en rit intérieurement. Le moindre geste d'elle est calculé pour l'affoler, pour faire naître en lui la convoitise, profitant de son inexpérience.

Elle met des jupes courtes et moulantes, des escarpins aux talons hauts qui claquent fort sur le parquet, de sorte qu'il l'entende de sa chambre, et son parfum semble s'être accentué, quintessence de volupté à base de vanille et de musc, si puissant qu'il en est presque tangible.

Victor Dujeu ignore que des hommes appellent durant la journée pour parler à Alexandra. Rentrant fréquemment à midi pour déjeuner, Martin décroche ainsi plusieurs fois le téléphone avant elle. Une autre fois, revenu plus tôt que prévu, il entend des soupirs et des râles venant de la chambre de son père.

Alors qu'il ne l'a jamais trouvée belle, il s'émeut malgré lui de son petit visage triangulaire, de ses étranges yeux, de sa chevelure couleur de miel. L'idée qu'elle partage le lit de son père lui donne la nausée. Cela ne le dérange pas qu'elle ait des amants, personnages anonymes pour lui ; ce qui le répugne, c'est le fait que Victor Dujeu a tous les droits sur ce corps. Fait-elle à son père ce qu'elle lui a prodigué l'autre soir, dans le silence de la nuit ? Il en ferme les yeux de dégoût.

Alexandra capte ses pensées et sourit, tissant subrepticement son piège. Elle n'a pas longtemps à attendre.

Martin, las de ronger son frein, la sève bouillonnante, fait irruption dans sa salle de bains un matin, Victor Dujeu étant parti à son cabinet.

Alexandra, nue devant sa glace, a laissé la porte ouverte.

— Tu n'as pas cours ? demande-t-elle, nonchalante.

Martin s'approche et, pendant un instant, elle est traversée par une angoisse, effrayée par ce géant (elle constate qu'il est beaucoup plus grand que son père) et par l'expression de ses yeux. Martin debout est plus imposant que Martin allongé.

Alexandra frissonne, mais pas de froid, et tend le bras vers son peignoir. Une immense main l'en empêche, emprisonnant son poignet menu.

Martin se met à genoux devant elle, sans dire un mot. Alexandra semble étonnée.

— Mais que fais-tu ?

Il caresse lentement la peau soyeuse de son abdomen.

Elle frissonne encore.

Martin ne dit toujours rien.

Avec sa bouche, il trace un chemin de son ventre plat jusqu'à ses cuisses. Il prend tout son temps. Au bout de cinq minutes, il recule.

— Continue, lâche Alexandra, le souffle court.

— Non, répond Martin. À toi. Ce que tu as fait l'autre jour…

Dans le miroir, il la regarde faire.

— Duval, je voudrais te poser une question d'ordre technique.

— D'ordre sexuel, tu veux dire ?

— Si tu veux.

— Vas-y.

— Penses-tu qu'on est toujours puceau s'il n'y a pas eu pénétration mais simplement fellation ?

Silence.

— Ton intello suce mais ne baise pas ? C'est dingue !

Martin grimace.

— Tu es d'une vulgarité inégalable. Je ne te demande pas de commentaires grivois, je veux un avis.

Oscar réfléchit.

— Ça m'intrigue, ton histoire. Comment ça se fait ? Elle ne prend pas la pilule ou quoi ? Une pipe, mais pas de pénétration… Je crois qu'il s'agit de ce qu'on appelle une « demi-vierge ». Un « demi-puceau » dans ton cas.

— Tu penses qu'une fellation ce n'est pas assez pour être, disons, complètement dépucelé ?

— Non, fait Oscar, catégorique.

— Merci du renseignement.

Silence de nouveau.

— C'est tout ce que tu as à me dire ? Je n'ai droit à aucun détail ?

— Non.

— T'es vraiment gonflé ! lâche Oscar, furieux.

6

Le lion d'or

C'est par hasard que Martin tombe sur Moïse d'Aquin. Un samedi d'octobre, tandis qu'il promène Germinal, il entend les cloches de Saint-Thomas-d'Aquin carillonner, annonçant un mariage ou un baptême. Martin aime regarder les sorties d'église, voir ces familles réunies pour un instant de bonheur. En revanche, trop sensible, il évite les obsèques.

Il trouve la mariée belle dans sa robe blanche, un immense voile fixé sous son chignon. Des enfants d'honneur jouent à ses pieds sur les marches de l'église alors qu'elle sourit à ceux qui la photographient. Le marié est beau lui aussi, juge Martin, élégant dans sa jaquette gris foncé, haut-de-forme à la main. Il s'amuse du piaillement des belles-mères, des grands-mères tentant de discipliner les enfants, compte les embrassades qu'on donne aux nouveaux époux, repère une petite sœur qui, d'ici quelques années, éclipsera tout le monde.

Puis, au milieu de cette foule bigarrée, chapeaux chamarrés et tailleurs multicolores, une silhouette sombre et inquiétante titube, semant la panique sur le parvis de l'église, faisant fuir la mariée qui se pince délicatement les narines en se cachant sous son voile, les enfants d'honneur terrifiés accrochés à sa traîne.

Martin distingue un grand Noir ivre vêtu d'un duffle-coat élimé, se frayant un passage à travers les invités, se cognant à eux, mêlant son odeur méphitique aux effluves de *N° 5*.

Il se rappelle les mots de Célestine : « Le grand Noir qui se soûle la gueule devant l'église, c'est Moïse d'Aquin. »

Martin attend que le riz soit jeté, qu'une limousine emporte les époux et que la place soit enfin vidée de ce pullulement bruyant.

Écroulé sur une des marches de l'église, Moïse d'Aquin regarde vers le ciel. En s'approchant, Martin voit que l'homme est plus âgé qu'il ne l'aurait cru. Ses cheveux d'ébène sont striés d'argent, de multiples rides creusent son visage. Son manteau, couvert de taches, dégage une puanteur aigre.

— Bonjour, dit Martin. Je suis un ami de Titine du Bac.

Moïse lève sur lui des yeux fatigués, aux blancs rougis par l'alcool.

— Vous êtes Moïse ? Elle m'a parlé de vous.

Le grand Noir se redresse, le scrute, puis se met à hurler des mots inintelligibles d'une voix rauque, agitant ses bras de manière saccadée. Martin tente de le calmer par quelques paroles, mais l'homme, entraîné dans une spirale d'agressivité, se livre à des gesticulations dangereuses. Il quitte la place, laissant derrière lui Moïse éructant, secouant les bras, pareil à un pantin désarticulé, des bulles de bave écumant aux commissures des lèvres.

Mi-octobre, le froid s'installe. La toux de Célestine s'aggrave, malgré les sirops de Martin. Il insiste pour l'emmener chez le médecin de famille, mais elle ne veut pas en entendre parler. Elle a une fierté immense. Martin ne parvient pas à la faire capituler. Elle tousse davantage, et davantage encore. Martin croit entendre cette toux terrible même dans son sommeil.

Il a trouvé pour elle, dans un placard du couloir, quelques vieux plaids dont personne ne semble se servir et les lui a apportés. Souvent, en promenant Germinal vers onze heures, il va vérifier qu'elle n'a pas froid. Emmitouflée jusqu'aux yeux, elle lui assure ne jamais avoir été aussi bien, mais Martin pense aux frimas de décembre et de janvier et se demande comment il va s'arranger pour la garder au chaud.

Il cherche des vêtements d'hiver pour elle, parmi des affaires que son père et lui ne mettent plus, reléguées dans une penderie et oubliées. Célestine est grande, et pas coquette. Cela ne la dérange pas d'être habillée en homme. Un soir, profitant de l'absence d'Alexandra et de son père, il se met au travail et visite méthodiquement les placards de l'appartement. Certains d'entre eux n'ont pas été ouverts depuis des années, embaumant le renfermé et la poussière.

Un grand sac à ses côtés, il jette dedans tout ce qu'il trouve convenable pour Célestine : pull-overs troués mais épais, vieux pantalons de velours côtelé, manteau démodé mais en bon état, gants, écharpes froissées, bonnets en laine et des dizaines de chaussettes dépareillées.

Dans l'une des dernières penderies du couloir, il aperçoit en haut des étagères, presque sous le plafond, quelques gros sacs en plastique qui paraissent contenir des vêtements. Il les tire vers lui, délogeant des années de poussière et quelques araignées. Visiblement, les femmes de ménage successives ne se sont jamais aventurées par là. Martin ouvre les sacs un à un et les vide sur le sol.

Ce sont des affaires de femme.

Un parfum particulier flotte vers lui. Il se fige, puis se baisse, ramasse un chemisier et le porte à ses narines.

Pas de doute, c'est le parfum de Kerstin, de sa mère, cette odeur inoubliable de lavande et de rose, fanée, altérée, mais encore tenace.

Il n'ose plus toucher les sacs, regardant les affaires pêle-mêle sur le parquet, ne comprenant pas ce qu'elles font là. Puis il se dit que son père ne s'est pas résolu à les jeter, voulant conserver les vêtements d'une épouse disparue, même s'il ne devait jamais les sortir de leur cachette. Après le drame, il a dû tout jeter dans ces sacs, les ranger en haut de la penderie, et les oublier.

Martin s'accroupit et, d'une main tremblante, avec l'impression de commettre un sacrilège, il touche cette garde-robe féminine, ces vêtements qui ont été ceux de sa mère. Cela lui semble inconcevable que seize ans plus tard, ces habits puissent existir de façon si concrète, alors qu'on ne sait toujours pas ce que le corps de Kerstin est devenu, transmué en poussière, terre, cendres, avalé par l'univers.

C'est la première fois que Martin touche à quelque chose qui a appartenu à sa mère, qui faisait partie de son intimité. Aucune trace d'elle ne demeure dans l'appartement, à part quelques photos et des livres. Le reste s'est effacé avec le temps. Et voilà que, par hasard, Martin tombe sur un trésor, un cadeau à retardement, boîte de Pandore gorgée de nostalgie.

Ému, il caresse un pull turquoise, un cardigan jaune poussin, un corsage rose sur lequel est agrafé un petit lion ailé en or piqué de tourmalines qu'il défait vivement et enfouit dans sa poche, le cœur battant. Il trouve des tennis, des ballerines, des escarpins, des bottes et un sac à main élimé, modèle Kelly, ornementé des initiales K.S.D. D'abord il n'ose pas l'ouvrir, le tenant entre ses mains tremblantes puis, ne résistant plus, il l'entrebâille.

À l'intérieur règne un fouillis typiquement féminin : quelques rouges à lèvres, une brosse (sur laquelle il prélève, la gorge serrée, trois longs cheveux platine), un petit carnet d'adresses, qu'il glisse dans sa poche avec le lion, des lunettes dans un étui. Il ôte les siennes et place celles de sa mère sur son nez, constate qu'elle était légèrement plus myope que lui de l'œil gauche, puis remet les lunettes dans leur étui.

Il voit le portefeuille, se doute que c'est le sac qu'elle portait lors de sa mort, et trouve une fois encore inacceptable que ces banals objets aient été épargnés.

C'est un portefeuille noir, assez épais, dans lequel il découvre un peu d'argent français et suédois, des timbres, son billet d'avion, sa carte d'identité, et il a un choc en voyant la photo, car c'est son portrait, lui, en femme, avec des cheveux longs.

Sur la photo, Kerstin doit avoir vingt ans, à peine plus âgée que lui maintenant.

Martin trouve aussi une photo de lui bébé avec sa mère. Sans la détailler, il la met dans sa poche avec les autres objets. Ce sont ses trésors pour plus tard, pour le secret de sa chambre. Il range le portefeuille, referme le sac et le remise avec les autres affaires.

Puis il découvre une chemise de nuit blanche à manches longues, sur laquelle le parfum de sa mère vit encore si fort qu'il se dit qu'il s'agit certainement de la dernière chemise de nuit qu'elle a portée avant de mourir. Martin contemple l'étoffe blanche et sent la tristesse s'emparer de lui. Il laisse quelques larmes s'échapper de ses yeux et tomber sur les habits, puis retire ses lunettes et pleure longtemps, le visage enfoui dans la chemise de nuit, pleurant comme il ne l'avait plus fait depuis l'enfance. Presque honteux, il finit par se calmer, range les vêtements, les plie doucement, leur donne une ultime caresse et les replace en haut de la penderie.

— J'voudrais lire ton roman, demande Célestine entre deux quintes de toux.

Il fait franchement froid. Célestine porte le vieux manteau du père de Martin, qui lui va bien.

— Il n'est pas fini.

— J'm'en fous. J'veux le lire.

Martin saisit sa chance :

— Je vous laisserai le lire à une condition.

— Ouais ?

— Que vous me donniez à lire en échange votre journal intime.

Silence.

— Faut qu'j'réfléchisse, marmonne Célestine.

— À quoi ?

— À si j'te fais assez confiance.

— Je sais que vous me faites confiance.

— *Assez* confiance, nuance. Personne n'a lu ce truc. C'est toute ma vie, là-d'dans !

— C'est pour ça que je veux le lire, votre truc.

— Mais pourquoi un gosse de riches s'intéresse autant à une clocharde ? T'as tout, toi ! Qu'est-ce t'en as à cirer de l'existence misérable d'une bonne femme comme moi ?

— Vous êtes d'accord ?

Elle hésite.

— Faut voir. Ton roman, ça parle de toi ?

— Non.

— Tu vois, c'est pas juste. Moi, ça parle que d'moi, y a que moi dedans.

— Disons que ce n'est pas un roman autobiographique, rectifie Martin, mais vous trouverez des ressemblances entre mon héros et moi.

— Raconte, qu'est-ce qu'il lui arrive, à ton héros ?

— Un jour, il rencontre le fantôme d'Émile Zola.

— C'est tout ?

— Cela fait déjà trois cents pages.

— Ça fait peur ?

— Non, je crois que ça fait rire.

— T'en es où ?

— Pas loin de la fin.

— Ça m'tente. Mais j'aime pas trop Zola.

— Vous l'avez lu ?

— Quand j'étais jeune, oui. J'ai pas mal lu au lycée. J'me souviens d'une gamine coincée dans une mine après un coup de grisou et qui a ses ragnagnas pour la première fois. Elle devient femme, elle baise et elle crève. C'est tout Zola, ça. Puis y a l'autre, la blonde qui finit sous l'escalier, elle clamse, personne le sait, ça pue dans l'immeuble, alors on la cherche et on la trouve déjà verte dans son trou. Brrr, ça me donne froid dans le dos ! Il doit pas être bien gai, le fantôme de Zola.

— Détrompez-vous. Vous avez lu *Le Rêve* ?

— Non, j'crois pas.

— Cela vous plairait. Personne ne pourrit dans un trou. C'est doux, charmant, mystique.

— Ah ouais ? Zola, il savait écrire des trucs doux et charmants ?

— Parfaitement. *Le Rêve*, c'est une sorte de conte de fées rococo.

— Roco quoi ?

— Baroque, disons. Truffé de légendes, symbolique, coincé entre la brutalité de *La Terre* et l'animalité de *La Bête humaine.*

— Tu parles comme un prof !

— Ça vous déplaît ?

— Non, ça m'amuse de voir un morpion comme toi faire le pédant. C'est rigolo ! J'préfère quand même lire ton bouquin que celui d'Émile.

— Pourquoi le mien ?

— Émile, il est mort, j'ai rien à lui dire. C'est pas tous les jours qu'on a la chance de rencontrer un écrivain, pardi ! Et faut bien que j'passe le temps. J'ai pas lu un bouquin depuis des lustres. Ça m'fera du bien.

— Je vous apporte mon roman, mais je veux votre journal en échange.

Elle fait la grimace.

— Ah, t'es têtu, toi, dis donc ! Allez, décampe, toi et ton clébard, on parlera d'ça une aut'fois. Rentre chez toi, Martin Dujeu !

Il se lève, sourit, siffle Germinal et s'en va sans un mot. Il sait qu'elle le regarde, comme tous les soirs, jusqu'à ce qu'il tourne au coin de la rue de Babylone, et même parfois, alors qu'il est déjà dans sa chambre, il sent son regard sur lui longtemps encore.

Au-dessus de son bol de café, le visage de Victor Dujeu se fige.

— Qu'est-ce que c'est que cette broche ?

— Ça ?

Martin montre du doigt le lion en or qu'il a attaché au revers de sa veste et qui, ainsi, ne ressemble plus à un ornement féminin, mais à un signe distinctif, sorte de symbole à la signification secrète.

— D'où vient-il ?

— Il me vient de ma mère, dit Martin, d'un ton si fier que Victor Dujeu n'ose poursuivre son interrogatoire.

Ils dégustent leur petit déjeuner en silence. Alexandra ne se lève pas avant neuf heures et ils se retrouvent ainsi tous les matins à huit heures, partageant le café et les tartines, sans échanger plus de quelques mots.

Mais ce matin, Victor Dujeu, en contemplant le lion de Kerstin, a l'air rêveur.

— Ta mère aimait les lions, reprend-il. Cela a commencé à Venise, lors de notre voyage de noces.

Victor Dujeu parle si rarement de Kerstin que Martin ose à peine bouger, la tartine en l'air, n'achevant même pas de mâcher sa bouchée tant il craint de rompre cet instant magique.

— Elle aimait les lions ailés de Venise, surtout celui de la Piazzetta, en haut de la colonne. Elle avait beaucoup de broches comme celle-ci. Tu n'en as retrouvé qu'une ?

— Oui.

— J'ai toutes les autres. Elle en faisait collection. Je les ai gardées. Celle que tu as, c'est un cadeau que je lui ai fait pour ses vingt ans.

— Elle était agrafée à un vêtement.

— Dans un placard, dans de gros sacs en plastique ?

Martin fait oui de la tête.

— Je n'aime pas regarder là-dedans. C'est pour ça que je n'ai pas vu cette broche.

— C'étaient les affaires de la valise ?

— De la valise qu'on a retrouvée, oui. Ta grand-mère Sandström est rentrée avec moi après la mort de ta mère, et je l'ai laissée emporter tout ce qu'elle voulait. J'ai gardé les lions.

— Tu ne m'en as jamais parlé.

Victor Dujeu jette un coup d'œil ironique à son fils.

— Tu me parles peu de ta mère, Martin, et tu es l'être le plus fermé que je connaisse. Je me disais que tu n'aurais pas voulu les voir, par pur esprit de contradiction…

— Je voudrais voir les lions, père, l'interrompt Martin, que cette conversation agace, probablement parce que son père n'a pas tort.

Le bureau de Victor Dujeu, comme le salon et la salle à manger, donne sur la rue de Babylone et sur ce jardin secret de plusieurs hectares qui jadis appartenait au couvent faisant face à l'immeuble des Dujeu. Récemment, les religieuses ont fait cadeau de cet espace vert à la Ville de Paris, et ainsi est né le jardin de Babylone, où les mères de famille du quartier viennent promener leurs enfants entre les arbres fruitiers et les rosiers. Martin n'y va pas, les chiens étant interdits, mais il aime observer ce petit monde du balcon : enfants jouant l'été pieds nus dans l'herbe, bambins faisant leurs premiers pas, parents assis à l'ombre des pommiers à surveiller leur progéniture.

— Tiens, dit Victor Dujeu en tendant à son fils une petite boîte.

Il la prend, l'ouvre, et découvre à l'intérieur une vingtaine de lions dont la plupart sont des bijoux, certains de pacotille, d'autres en or ou en argent, montés en boucles d'oreilles, en broches, en colliers. Il y a même une bague lion.

Martin les regarde et oublie un instant son père. Puis le souffle lourd de celui-ci et son odeur âcre de havane mêlée à une eau de toilette anglaise lui rappellent qu'il se tient près de lui, dans son dos, à contempler lui aussi les lions.

Martin se dit qu'il aurait aimé, petit, vers trois ou quatre ans, jouer avec eux, apprendre à les chérir parce qu'ils avaient appartenu à quelqu'un qui n'était plus là ; il aurait voulu grandir en sachant cette collection à portée de main, pour les toucher, les caresser tout au long de son enfance, de son adolescence, afin de se rapprocher de cette mère qu'il a si peu connue. Il trouve incroyablement égoïste que son père ait gardé ces objets pendant si longtemps sans avoir ressenti le besoin de les lui montrer.

Enfin il tient dans ses mains le journal de Célestine. Pendant une semaine il a dû supplier, cajoler, gronder, menacer, puis finalement aujourd'hui, un mauvais jour d'ailleurs, car elle a trop bu et lui a parlé de façon agressive, elle vient de lui jeter le cahier à la figure.

— Eh bien voilà, lis-le ! Mais lis-le d'vant moi, t'as pas le droit de partir avec, et j'veux ton roman en échange !

Il lui obéit, en jubilant secrètement.

Début novembre, le froid règne sans conteste rue du Bac. Même protégée par ses nouveaux vêtements, Célestine grelotte. Martin, dans sa parka, a froid rien qu'en la regardant. Tremblant d'excitation, il s'installe à distance respectueuse, Germinal à ses pieds, et ouvre le cahier. Son enthousiasme cède à la vue de l'écriture illisible, des pages volantes non numérotées et des passages rendus indéchiffrables par une feuille déchirée ou tachée. Le journal de Célestine semble n'être qu'une succession de hiéroglyphes maladroits sans queue ni tête. Elle le regarde du coin de l'œil, s'amusant qu'il ait autant de mal à lire. Mais il se concentre, s'applique, parvient à s'habituer aux caractères malhabiles et déchiffre l'écriture, comme un alphabet inédit qu'on apprend à décrypter lentement mais sûrement.

— Martin, fait-elle d'une petite voix.

— Oui ? répond-il en levant la tête.

— J'veux que tu m'promettes un truc.

— Quoi ?

— J'voudrais que tu m'promettes de pas changer, quand t'auras fini de le lire. Y a des trucs que tu vas pas piger, et me pose pas de questions, car j'te répondrai pas, comme y aura d'autres machins qui vont te surprendre. C'est pas à l'eau de rose, mon histoire. C'est pas du joli-joli. C'est pire que Zola à son plus sordide. Accroche-toi !

— Je vous promets que je ne changerai pas.

Elle le scrute quelques instants, la mine sombre. Puis elle s'exclame :

— Oh allez, rentre chez toi ! Ça me fout le bourdon de te voir lire ma vie devant moi. Reviens quand t'auras fini.

Martin ne se fait pas prier.

Une fois dans sa chambre, il trie les feuillets comme il peut, mettant de côté ce qui est incompréhensible, tente de reconstituer un semblant d'ordre chronologique en se basant sur des similarités d'encre, et se lance.

7

Le journal de Célestine

vous qui passez devant moi, je sais très bien que du coin de vos yeux vous m'avez aperçue, vous faites tout pour pas me voir. pourquoi ? parce que je pue, parce que je suis moche, parce que mes pieds sont nus, bouffés par le gel, noirs de crasse, parce que mes tifs sont luisants à force d'être dégueu et mon regard qui mendie, qui supplie vous gêne. alors vous détournez vos gueules et vous passez votre chemin, planqués dans vos fourrures.

oui, je pue, c'est la puanteur de ceux qui vivent dans la rue, de ceux qui ont pas touché à un savon depuis des années, qui savent plus ce que c'est qu'une salle de bains. allez donc renifler les autres clodos, vous verrez on sent tous pareil, c'est l'odeur des pauvres des rues de paris qui vous fouette la tronche, vous qui savez pas ce que c'est de pas être propre.

encore un trou du cul qui passe, le pif en l'air, les bras chargés de cadeaux, un manteau bien chaud sur son dos de bourgeois, je lui demande une petite pièce et il s'écarte de moi comme si j'avais la peste. merde ! je lui crache merde, c'est bientôt noël, qu'est-ce que ça peut vous foutre de me filer une pièce ?

je retourne jamais boulevard de port-royal devant cet hosto où j'ai pondu un bébé mort qu'il a fallu quand même déclarer à l'état civil. J'ai accouché de ce gosse mort-né le jour de mes vingt-cinq piges.

lui, il était pas là, il s'était déjà barré depuis six mois. je savais pas comment l'appeler ce petit, j'avais trop la trouille de choisir un petit nom qui me suivrait toute ma vie, et qui me rappellerait ces douze heures d'horreur à suer sur une table pour faire sortir de moi quelque chose qui avant de naître était déjà mort. j'ai vu le petit, un pauvre petit machin bleu parfaitement fignolé, mais à qui il manquait la vie.

ils m'ont demandé si je voulais l'enterrer, j'ai dit non, qu'est-ce qu'ils en ont fait de mon bambin ? que font-ils des mort-nés ? maintenant, je le regrette, j'aurais aimé pouvoir aller sur la tombe de mon fiston, je me souviens plus du prénom que j'ai choisi et j'ai paumé depuis longtemps le livret de famille, comme quoi le temps fait bien les choses, il efface tout sur son passage, même les choses importantes, même les choses qui ont fait baver. quel âge il aurait mon petit maintenant ? plus de la trentaine, j'espère qu'il aurait rien hérité de son paternel, c'était un vieux vicieux, un mec à gonzesses.

Un mardi de novembre, au Mandarin de Jade, Victor Dujeu entreprend de parler d'Alexandra à son fils.

— Que fait-elle durant la journée ? lui demande-t-il.

Martin ingurgite des quantités pantagruéliques de poulet chop-suey.

— Qui ? marmonne-t-il, la bouche pleine.

— Alexandra.

Martin termine sa bouchée et regarde son père d'un air ironique.

— Comment veux-tu que je le sache ? Je suis en cours.

— Mais tu rentres bien déjeuner, non ?

— Souvent.

— Et alors ?

— Alors je ne passe pas mon heure de déjeuner à espionner ma future belle-mère.

Victor Dujeu réprime un geste d'agacement.

— Elle est là, en général ?

— Oui, en général. Elle est au téléphone. Ou dans votre chambre.

Est-ce intelligent, finalement, d'épouser une femme qui pourrait être sa fille ? Victor Dujeu ne désire pas passer pour un cocu aux yeux de son entourage. Il se considère trop important pour supporter une telle salissure. Un homme de son envergure, de son calibre ne peut se laisser ridiculiser par une fiancée déloyale. Il lui faut remettre Alexandra sur le droit chemin, ou alors il n'y aura pas de mariage.

— Tu as des doutes, père ? demande Martin innocemment.

Victor Dujeu tressaille.

— Des doutes ? Non !

— Alors pourquoi ces questions ?

— Oublie-les, veux-tu ?

Martin fait oui de la tête.

moi, je suis née à la campagne, loin des villes, loin de paris. mon père il était fermier, ma mère elle faisait des gamins, elle en a eu une tripotée et moi je suis la seule qui aie survécu, tous les autres, elle les trouvait raides dans leur berceau à un mois, les uns après les autres et roulez jeunesse.

ma mère, elle était fille d'un notaire, pas une fille de la ferme, y avait paraît-il eu des ancêtres dans sa famille qui étaient des aristos sans le sou, et elle avait des manières, elle m'a appris comment me tenir, et quand mon homme m'emmenait à des dîners chicos, je savais quelle fourchette il fallait prendre, dans quel verre fallait boire, elle me disait ma mère qu'au cas où j'épouserais un bourgeois fallait savoir faire.

elle avait de l'espoir pour moi, la pauvre, c'est elle qui m'a donné le goût des livres, c'est elle qui faisait gaffe à mon orthographe dans mes devoirs d'école, une dame, elle fait pas de fautes d'orthographe, elle me le répétait souvent, elle disait qu'il fallait lire parce qu'on apprenait tout dans les bouquins.

aujourd'hui je lis plus, j'ai pas le courage, et les bouquins ça coûte cher, mais j'ai pas mal lu dans ma jeunesse, et puis j'ai commencé à écrire ce journal. ah oui, ça doit faire drôle de voir une sdf écrire !

un jour, il y a un connard qui m'a demandé ce que j'écrivais et je lui ai dit que je remplissais ma déclaration d'impôts.

ma mère m'a parlé des pouvoirs quand j'avais trois ans, le soir dans mon lit, au lieu de me raconter des histoires, elle me prenait la main et m'expliquait qu'un jour j'allais me rendre compte de ma destinée, et qu'elle savait que je pourrais rendre quelqu'un très heureux en lui réalisant trois vœux, mais ça pouvait seulement marcher si j'avais pour cette personne un amour pur et profond, et si cet amour était réciproque, qu'elle disait, et puis j'avais pas le droit qu'on me souhaite quelque chose à moi.

je croyais dur comme fer quand j'étais gosse aux histoires de ma mère. un jour, j'ai essayé d'exaucer trois de ses vœux à mon homme, ça a foiré, il s'est foutu de moi et je me suis sentie bien bête. ma mère m'a dit que c'était parce qu'entre nous y avait pas d'amour, elle avait raison, la pauvre, mais j'ai plus recommencé ce genre de conneries.

Le soir suivant, Alexandra, fait irruption dans la chambre de Martin. Il est vingt heures. Vêtue d'une robe noire aux savantes découpes mettant en valeur son anatomie, elle attend que Victor Dujeu rentre de son cabinet afin qu'ils aillent dîner. En la voyant surgir blanche de rage, Martin croit l'espace d'un instant qu'elle va lui planter ses talons aiguilles dans les yeux.

— Espèce de salaud ! Comment as-tu pu oser dire à ton père ce que tu savais ? crie-t-elle. Après tout ce que tu m'as forcée à te faire ! Comme quoi ce n'était pas assez pour que tu fermes ta gueule une fois pour toutes, petit connard.

— Tu deviens grossière et cela ne te ressemble pas.

Elle continue sur sa lancée, la voix rauque à force de crier, les traits déformés par la colère :

— Ton père ne veut plus m'épouser, tu m'entends ? Il a des doutes et on se demande d'où ils lui sont venus, hein ?

— Ne prends pas mon père pour un con.

— Tu lui as dit hier soir au restaurant chinois, je sais que c'est toi.

Martin soupire.

— Crois-moi ou pas, je n'ai rien dit à mon père. Pourquoi aurais-je voulu mettre fin à un arrangement que je trouvais agréable ? Si j'avais voulu que ça s'arrête, j'aurais simplement mis les choses au point avec toi.

— De toute façon, c'est trop tard, il le sait maintenant.

— Il t'a demandé de partir ?

— Non.

— Alors calme-toi un peu. Et dis à ton fan-club d'appeler moins souvent. Intéresse-toi plus à lui.

— Ne me fais pas la morale, Martin. Qu'est-ce qu'un puceau connaît de la vie de couple ?

Martin rougit, malgré lui. Il ne se doutait pas qu'elle le savait vierge.

Alexandra sourit triomphalement. Elle remet de l'ordre dans ses cheveux et tend l'oreille. La porte d'entrée vient de claquer.

— Voilà justement ton père qui rentre. J'y vais.

Martin la regarde partir, contemplant la diabolique chute de reins et les jambes gainées de soie noire. Il se rend compte qu'il ne ressent plus rien pour elle.

j'ai souvent changé de rue, mais j'ai pas quitté le quartier longtemps. J'ai squatté rue sébastien-bottin avec moïse quand il était plus rigolo, et paulot qui est mort depuis, après j'ai créché près de chez gaspard rue de poitiers, mais il fallait tout le temps bouger, tout le temps marcher, parce que les flics nous emmerdaient, puis j'ai abouti ici sous cette porte cochère où personne passe, où on me dérange pas, sauf quand j'ai pris une cuite et qu'on m'embarque. j'y retourne toujours.

j'ai jamais quitté ce coin, parce qu'il me rappelle ma jeunesse, quand je suis venue de ma campagne tenter ma chance ici, j'en ai pas eu beaucoup finalement mais je regrette pas. non, c'est pas vrai, je regrette ce bébé mort, je pense que si mon gosse était en vie, je serais pas en train de faire la manche rue du bac, une mère de famille, elle a des devoirs et j'aurais voulu être une bonne mère, une grand-mère décente, à l'âge que j'ai maintenant.

j'envie toutes ces petites dames qui passent avec leur poussette, d'où qu'on voit dépasser une petite frimousse, des petits cheveux de poussin, des petits nez à croquer, je dis toujours bonjour aux gamins, y en a un surtout, un petit blondinet au long visage pâlichon et aux yeux bleus, fier comme un prince, il doit pas avoir deux printemps, qui est ma passion. tous les matins sa maman l'emmène à la garderie rue chomel, il est à ma hauteur dans sa poussette, parce que je suis assise, il me tend à chaque fois sa petite menotte que j'ose pas prendre dans la mienne qui est si sale, et il me sourit, c'est un ange, un petit chérubin, son sourire est le rayon de soleil de ma journée.

sa mère est pas méchante, un hiver alors qu'on caillait et que je sentais plus mes pieds, elle m'a filé une paire de pompes à elle qu'elle mettait plus. au milieu de la nuit, je crevais de froid, j'ai voulu enfiler ses chaussures, impossible, moi je chausse du 41, c'étaient les godasses de son jules qu'il me fallait.

— Vous ne m'avez toujours rien dit à propos de mon roman.

Fin novembre, un temps maussade et froid s'est installé. Martin est assis à côté de Célestine, qui tousse de plus belle.

— T'es drôle, toi ! C'est long, ton bidule. Le soir, j'ai pas de lampe de chevet, le réverbère il éclaire pas jusqu'à moi.

— Ça vous plaît ?

— Je te dirai ça à la fin. J'en suis à la page 127.

— Vous ne me demandez pas ce que je pense de votre journal ? Je l'ai pourtant presque fini.

— J'en ai rien à brouter de ce que t'en penses. C'est toi qui m'as tannée pour que j'te le file. Moi, j'écris pas pour être publiée.

— Je trouve ça très intéressant.

Elle rosit de plaisir.

— Ah ouais ?

— Je trouve que vous écrivez bien. C'est très vivant. Et puis il n'y a pas de fautes d'orthographe.

— C'est pas parce qu'on vit dans la rue et qu'on a pas un rond qu'on sait plus rien faire à part mendier.

— Je n'ai pas dit le contraire.

Célestine frissonne, puis tousse longuement. Son visage est blafard, plus creusé que d'habitude, seuls ses yeux noirs semblent contenir encore un éclat infime. Martin a l'impression qu'elle s'éteint petit à petit, que sa peau devient de plus en plus pâle sous le dépôt de saleté, et qu'un jour elle va ainsi s'effacer, disparaître à jamais. Pour se rassurer, il se dit qu'elle est plus âgée qu'il ne le croit. Il la détaille à la dérobée. Ce matin, elle semble frêle, vulnérable, son ossature masculine s'est tassée, fragilisée. Elle paraît toute petite, comme si elle avait rétréci.

— Qu'est-ce t'as à me mater ? Tu veux ma photo ?

Martin rougit à la Kerstin.

— Je trouve que vous avez l'air un peu fatiguée.

Célestine a un sourire amer.

— J'ai pas l'air, mon coco, j'le suis.

Elle hausse les épaules.

— Qu'est-ce tu veux, j'me fais vieille. J'ai plus la pêche, j'suis un vieux machin et puis, j'vais te dire, j'ai le cafard, j'suis fatiguée de tout ça, de demander du pognon, de faire la manche. Parfois, j'me dis que je devrais me laisser mourir. J'ai l'âge, tu sais, de passer l'arme à gauche. C'est peut-être le moment.

Elle radote, la tête dodelinante.

Martin l'écoute à peine. Tout à coup, il se tourne vers elle avec tant d'empressement qu'il fait sursauter Germinal.

— Célestine, écoutez-moi ! Ça vous dirait de venir chez moi ?

— Chez toi ? T'es pas devenu marteau ?

— Vous n'avez pas envie de prendre un bain chaud ?

— Un bain ? répète-t-elle, hébétée.

— Et je vous ferai un bon repas et vous pourrez dormir cette nuit dans la chambre d'amis, dans un vrai lit.

— Dormir chez toi ?

— Qu'est-ce que vous en dites ? Vous ne trouvez pas que c'est une idée géniale ? Ça va vous remonter le moral, ça ! Ça va vous requinquer, non ?

Martin bégaie tant il est grisé par sa proposition. Célestine le dévisage avec des yeux écarquillés. Jamais elle ne l'a vu dans un tel état.

Fébrile, il s'est déjà relevé, la tirant par la main, la forçant à se mettre debout elle aussi. Germinal, entraîné par l'excitation de son maître, saute partout en aboyant comme un chiot.

— Allez, Célestine ! chantonne Martin en trépignant. Allez venez, on va vous refaire une beauté, vous allez voir !

— Mais et ton vieux ? Qu'est-ce qu'il va dire, ton vieux ?

— Il n'est pas là ! crie presque Martin. Ils sont partis pour le week-end ! Ils reviennent demain matin.

Célestine ne peut résister longtemps à l'idée d'un bain, d'un repas chaud et d'un vrai lit. Contaminée par l'allégresse de Martin, elle tente elle aussi une pirouette, tournoie sur elle-même, applaudit en éclatant de rire.

— On y va, mon coco ! On va s'incruster chez ton daron, on va s'en mettre plein la panse ! En voiture, Simone !

Le marchand de légumes les regarde passer, étonné par leur gaieté, par Martin, d'habitude si réservé, chantant à tue-tête, et amusé par le beagle qui ouvre fièrement la marche vers la rue de Babylone.

y en a pas des masses des femmes sdf, moi je suis assez fière d'être une des seules, comme je suis fière qu'on m'appelle du bac.

moi, j'ai toujours aimé ce secteur et surtout le coin qui est à moi, délimité par quatre rues, au nord le quai anatole-france, à l'ouest la rue de bellechasse qui devient la rue vaneau, à l'est la rue du bac, et au sud la rue de babylone. c'est ça mon royaume à moi, j'y règne parce que je suis la seule clocharde et on me respecte, je veux dire les autres clodos me respectent parce que je suis la seule gonzesse. les bourgeois, eux, me voient même pas, ils s'en foutent d'une cloche pépée ou mecton, parce que pour eux un clodo c'est pareil qu'une crotte de chien, faut l'éviter, faut pas marcher dessus, c'est tout.

ma seule rivale, elle est au coin de la rue dufour et de la rue princesse, c'est pas mon secteur, encore heureux, elle est encore plus sale que moi, dégueulasse, puante, le visage rougi et bouffi par la bibine. on l'appelle évidemment princesse, elle est immonde princesse, elle pisse debout comme un bonhomme, alors que moi je m'accroupis entre deux bagnoles, et je fais en sorte qu'on me voie pas, et puis elle bouffe n'importe quoi, elle se tient mal, elle a pas de manières, elle est sale comme un pou, moi aussi je suis sale, c'est vrai, mais je le montre pas comme elle, par rapport à elle je sens la rose.

j'ai toujours été discrète, sauf quand j'ai un coup dans l'aile, la plupart du temps je me cache sous mon porche, je me planque, j'en sors seulement pour gueuler, histoire de faire chier ces gens qui me donnent pas d'oseille.

y en a qui me disent pourquoi vous trouvez pas de boulot, pourquoi vous travaillez pas ? je leur ris à la gueule, qu'est-ce que je sais faire moi, à part le ménage, et avec la tronche que je me tape, qui aurait envie de m'embaucher comme femme de ménage ? faut être jeune et costaud pour récurer, poncer, nettoyer, repasser, lessiver, faut avoir un bon dos, des forces quoi, faut pouvoir ! moi, je suis une vieille loque qui bouffe jamais à sa faim, on me filerait un aspirateur à passer que je tomberais dans les pommes.

et pourquoi vous vous achetez à boire, qu'ils me disent, pourquoi pas manger quelque chose, avec ce qu'on vous donne ? moi, je leur réponds à ces cons pourquoi les clopes et le pinard ? c'est simple, parce que ça aide à faire passer le temps, parce que ça rend les journées plus courtes, les nuits moins longues, moins froides l'hiver, moins chaudes l'été, parce que vous vous allez bien au cinéma pour vous divertir, à des soirées, au restau, vous avez une téloche, nous on a rien de tout ça, à part regarder vos sales gueules passer et repasser devant nous, alors on se bourre le pif, on se traîne jusqu'au pont là-bas, où il y a la soupe l'hiver, on s'éclate comme ça, chacun fait ce qu'il peut avec les moyens qu'il a, et on vous emmerde.

j'aurais pu choisir un quartier moins friqué, j'aurais pu aller mendier là où c'est vraiment crade, bien sale, mais malgré ces gens pingres, plus on a de sous, moins on en donne, c'est bien connu, j'aime ce coin, je trouve qu'il a une âme, qu'il vit. j'aime voir les gosses passer pour aller au bahut rue de grenelle, j'aime les vitrines des magasins, surtout vers noël !

ah celle du bon marché, j'y resterais des heures, mais y a un sale type en uniforme, une espèce de gardien qui vient nous chasser parce qu'on doit gêner les clients qui viennent raquer, ça fout mauvaise conscience de voir un sdf quand on sort de là chargé de paquets cadeaux, on n'ose pas le regarder, le sdf, on continue, on fait semblant de pas le voir, et on se dit mon dieu, le pauvre, se retrouver là comme ça, dans le froid, alors que demain c'est noël, et que tout le monde va se goinfrer de dindes, de bûches, de chocolats, je vois bien qu'ils pensent ça, il y en a pas beaucoup qui s'arrêtent pour filer une pièce, y a que les gosses qui viennent en douce déposer leur argent de poche dans nos vieilles paluches sales, et cet argent-là, l'argent des gosses, je peux pas le prendre, je veux pas le prendre.

Célestine se trouve depuis si longtemps dans le bain que Martin, inquiet, vient écouter à la porte afin de s'assurer que tout va bien. Il entend le bruit du robinet qui coule et une voix douce chanter une berceuse.

— Ça va, Célestine ? lance-t-il timidement.

La berceuse s'interrompt.

— J'peux plus sortir de là. C'est le paradis. Dis à ton vieux que j'veux passer le reste de mes jours dans sa baignoire.

— Je suis en train de préparer le dîner. Vous aimez les spaghettis carbonara ?

— Les quoi ?

— Des pâtes.

— J'aime tout !

Et la berceuse reprend.

Martin s'éloigne sur la pointe des pieds.

y a un jeune mec qui me tourne autour, je sais pas ce qu'il me veut, il m'espionne et ça m'énerve. ce type, je le vois dans le secteur depuis des lustres. déjà à dix balais il était immense, mal dans sa peau, miro comme une taupe. je sais qu'il s'appelle martin, j'ai souvent entendu son père ou son copain l'appeler, mais jamais vu sa mère.

son père s'appelle dujeu, un grand couillon qui se prend pour un cavaleur, il m'a jamais filé un rond, quant au petit il est complètement dans la lune, il a mis des plombes pour me remarquer en rentrant chez moi un jour pour se protéger de la flotte.

je sais pas ce qu'il cherche, le freluquet, il me file des billets, et surtout il me parle, il me parle vraiment, comme à un être humain, avec respect et gentillesse, en plus il me vouvoie comme si j'étais une dame, c'est la première fois que ça m'arrive depuis longtemps.

j'ai l'habitude qu'on me traite comme un chien, parce que je vis sur un trottoir. une fois, y a bien longtemps, une gentille dame a essayé de me parler, de m'aider, je survivais avec mes boulots de bonniche depuis vingt ans après la mort de mon fiston, mais c'était drôlement difficile, je me faisais virer pour la même histoire, parce que je picolais, je pouvais pas faire le ménage chez des gens sans regarder ce qui y avait dans leur bar et tout y passait, le gin, même le champagne, la vodka, le whisky, le pinard, la bière, le cidre, on me retrouvait raide sur le parquet et on me foutait dehors à coups de pied au cul.

cette gentille dame, elle me disait qu'il fallait avoir confiance en moi, même reprendre courage, mais moi, j'étais trop jeune pour l'écouter, il était trop tard, j'étais remplie d'une sorte de haine pour tout le monde, pour la vie, pour tout, j'ai essayé de me zigouiller trois fois, trois fois je me suis ratée, et je me suis retrouvée dans un hosto avec une perf dans le bras, ils ont essayé de me désintoxiquer, y a eu l'assistante sociale qui croyait tout savoir et qui avait rien pigé, le psy qui crânait avec son charabia à la con et le curé qui voulait me filer un rencard avec jésus-christ, mais moi j'étais un cas désespéré, on pouvait plus rien pour moi, alors la rue m'a tendu les bras, et j'ai dit merde aux petits boulots, aux loyers des chambres miteuses pour lesquels il fallait se fendre tous les mois, à ces saloperies de convenances qui m'obligeaient à me saper chaque matin pour ressembler à tout le monde.

moi, je me suis enfin trouvée à quarante ans après vingt ans de galères, de déboires, je suis devenue titine du bac, libre, libre comme le vent, et écoutez, vous qui passez là avec vos sacs remplis de bouffe, avec vos bagues aux doigts et vos perles au cou, vous qui bouffez à votre faim et dormez dans un lit tous les soirs, vous qui avez une petite vie bien proprette, vous qui pétez de trouille devant vos patrons, moi j'ai pas d'impôts à payer, je vote pas, je cotise pas, je suis même pas chômeuse, j'emmerde personne, j'ai plus de numéro de sécu, je dois rien à personne, le pays avance sans moi, je suis à part, je suis d'une autre espèce, d'une espèce libre qui se fout des contraintes, mais cette liberté-là elle se paie, et ça, je l'apprends tous les jours.

Au premier coup d'œil, il ne reconnaît pas la femme vêtue d'un peignoir éponge qui vient d'entrer dans la cuisine. Ses longs cheveux propres flottent sur ses épaules, brillant d'un beau gris soyeux, et son visage, débarrassé de sa patine de crasse, paraît rajeuni ; sa peau, rose à force d'avoir été frottée, respire enfin, et même les rides semblent s'être estompées.

— Alors, Martin Dujeu, tu reconnais plus ta copine ?

Elle passe une main dans sa chevelure apprivoisée, tourne sur elle-même.

— Eh, dis donc, si les potes pouvaient m'voir comme ça… J'suis encore baisable, hein ? J'ferais un tabac ! T'aurais dû voir l'eau du bain quand je suis sortie. J'te dis pas.

— Vous êtes belle, murmure Martin.

— Oh, n'en fais pas trop et donne-moi un truc à boire. Je crève de soif.

Il lui tend un verre d'eau.

Elle le prend, le vide et le regarde droit dans les yeux.

— Ah, j't'épate, hein ?

— Plutôt, oui.

— Tu pensais que j'allais t'faire la gueule parce que tu m'files que d'la flotte ?

— Cela m'a effleuré.

— Tu vois, j'ai fait des progrès.

Elle se verse un autre verre, et Martin la regarde, médusé par son nouveau visage où il devine les traces d'une beauté passée, de cette beauté qu'elle a dû avoir à dix-huit ans, et qui n'est pas si lointaine, finalement.

Durant le dîner, il est tenté, à maintes reprises, de lui parler de ce qu'il a lu dans son journal, mais chaque fois qu'il ouvre la bouche, il lit dans ses yeux une supplication muette, comme si elle savait à quoi il pense et qu'elle l'implorait de ne pas en dire un mot. Alors il n'ose rien dire et leur repas de fête est calme, presque silencieux. Impressionnée par la salle à manger décorée de tableaux anciens et de gravures, par les proportions imposantes de l'appartement luxueux et chauffé, Célestine se tait aussi et tente de modérer son appétit pour manger discrètement.

Après le dîner, vers dix heures, ils s'installent dans le salon et Martin fait un feu dans la cheminée. Célestine, ramollie par le bain bouillant et le repas copieux, est en train de s'endormir sur le canapé, se demandant comment elle aura de nouveau le courage d'affronter le froid, la crasse, la faim ; comment elle va vivre de nouveau dehors.

Martin la regarde s'assoupir à la lueur des flammes, devinant ses pensées, heureux de lui avoir procuré ces quelques instants de bonheur. Ne pourrait-il pas renouveler cette invitation chaque fois que son père et Alexandra s'absentent ? Voilà un moyen intelligent de garder Célestine au chaud durant l'hiver. Il a la chance d'avoir un père qui part souvent en voyage d'affaires, qui s'échappe en week-end avec sa fiancée. Il faut profiter de ces absences pour accueillir Célestine, lui offrir à manger, l'héberger pour la nuit. Sa transformation est si spectaculaire, son bonheur si évident qu'il ne peut que se féliciter de son initiative, et vouloir la répéter.

Martin s'est endormi lui aussi, bercé par le doux crépitement des flammes. Dans un demi-sommeil, il entend à peine la clef tourner dans la serrure, les voix d'Alexandra et de son père, revenus plus tôt que prévu, et il se réveille brutalement lorsque ces derniers entrent dans la pièce.

Célestine dort, d'un sommeil lourd et profond. Debout devant elle, Victor Dujeu la contemple.

— Qu'est-ce que c'est que ça ? grommelle-t-il en montrant Célestine du doigt.

Martin sent la colère monter en lui.

— *Ça,* dit-il en imitant son père, c'est Célestine du Bac. Je l'ai invitée à dîner.

Alexandra pousse un cri qui réveille Célestine.

— Mais c'est la vieille SDF ! Elle porte mon peignoir ! Victor, fais quelque chose !

Célestine s'est redressée et se frotte les yeux, ne comprenant plus où elle se trouve. Le cœur de Martin se serre à la vue de son visage fripé et abasourdi.

— Père..., commence-t-il.

Victor Dujeu l'arrête d'une main menaçante.

— Allez chercher vos affaires, habillez-vous et sortez d'ici ! ordonne-t-il à Célestine.

— Et rendez-moi mon peignoir ! hurle Alexandra.

Célestine s'est levée, lasse mais digne. Elle disparaît dans le vestibule.

— Père..., reprend Martin.

— Tais-toi ! explose Victor Dujeu. Tu es fou ou quoi de laisser entrer des SDF ici ? Tu te rends compte des œuvres d'art qu'il y a dans cet appartement ? Des gens comme cette femme notent tout, voient tout et après reviennent pour voler.

— C'est une amie, dit Martin en s'efforçant de rester calme. Je l'ai invitée à dîner, à prendre un bain.

— Un bain ? gémit Alexandra. Elle a pris un bain ? Mais c'est épouvantable ! Ce n'est pas possible !

La colère de Martin monte petit à petit, lente courbe ascendante.

— Je vous signale, au cas où vous ne l'auriez pas remarqué, qu'il fait deux degrés dehors. Célestine est malade, elle tousse beaucoup, elle est déprimée. J'ai voulu lui remonter le moral en lui proposant un bain, un dîner et de dormir ici ce soir.

— Il n'en est pas question, siffle Victor Dujeu.

— Père, je te le demande, s'il te plaît, juste pour ce soir, pour qu'elle aille mieux…

— Martin, tu dépasses les bornes !

— Tu ne peux pas pour une fois être moins égoïste, penser à ceux qui n'ont rien, alors que toi, tu as tout ?

— Il te fait la morale à présent ! ricane Alexandra.

— Martin, tais-toi et va dans ta chambre.

— Père, je te le demande une dernière fois, laisse-la rester ici ce soir. Je ne peux pas supporter l'idée qu'elle aille dormir dans la rue avec ce froid.

— Laisse tomber, coco.

Il voit que Célestine, habillée, se tient près de la porte d'entrée.

Il se tourne vers son père, le visage suppliant. Mais celui-ci n'esquisse pas le moindre geste et continue à le regarder froidement, les bras croisés.

Martin laisse éclater son dépit :

— Très bien. Je vais aller dormir rue du Bac avec Célestine.

Il ouvre la porte d'entrée.

Furieux, son père l'attrape par le bras.

— Tu vas rester ici, Martin, et tu vas te calmer.

— Ne me touche pas ! crie Martin. Je t'interdis de me toucher !

Hors de lui, Victor tente de le gifler, mais il reçoit un coup violent à la poitrine qui le projette contre le mur. Il grimace de douleur. Alexandra pousse un cri d'effroi. Un court instant, Martin a peur d'avoir blessé son père, puis sa fureur reprend le dessus.

Victor Dujeu, se sentant vaincu, tout du moins par la force, essaie une autre tactique :

— Martin, s'il te plaît, ne va pas dormir dans la rue, sois raisonnable, il fait un froid de gueux.

Martin prend le bras de Célestine et la dirige vers l'escalier.

— Un froid de gueux ! répète-t-il, cinglant. Oui, père, c'est le cas de le dire.

— Petit crétin ! lance Victor Dujeu, pourpre de rage. Va donc dormir dehors avec ta clocharde, tu tiendras à peine cinq minutes ! N'oublie pas tes origines, Martin, tu es un jeune homme de bonne famille, tu ne sais pas ce que c'est que la rue, la misère. Je te donne cinq minutes et tu reviendras en rampant !

La porte d'entrée claque.

Arrivé en bas, Martin se tourne vers Célestine, étonné par son silence ; il est stupéfait de voir qu'elle pleure à chaudes larmes.

— Vous êtes triste, c'est ça, de ne pas avoir pu passer la nuit là ? Je le suis aussi, croyez-moi, et je vous promets que je vais trouver une solution.

Elle peut enfin parler :

— Mais non, c'est pas ça. Je m'en fous de pas dormir chez toi.

— Alors c'est quoi ?

— T'es un type bien, Martin Dujeu, sanglote-t-elle. Ton père c'est un vrai con, mais toi, tu descends du ciel, t'es envoyé par les anges.

Martin Dujeu passe sa première nuit sur le trottoir, transi de froid, mais heureux, et fier d'avoir défié son père. Victor Dujeu, quant à lui, dort mal, guettant le bruit de la porte d'entrée, se disant que Martin va finir par revenir au milieu de la nuit. Mais il ne rentre pas et, à cinq heures du matin, voyant sur le thermomètre de la cuisine qu'il fait zéro degré, Victor Dujeu se sent honteux d'avoir mis à la porte cette vieille femme. Il se demande comment il va regagner l'estime de son fils. Puis il réalise qu'il ne l'a peut-être jamais possédée.

Victor Dujeu gardera aussi un mauvais souvenir de cette veillée de fin novembre, parce que cette nuit-là, pour la première fois, il est incapable de faire l'amour à Alexandra.

8

L'hôpital

Entre Oscar Duval et Célestine du Bac, cela n'a pas collé. Martin regrette de les avoir présentés l'un à l'autre. Célestine, ce jour-là, s'est montrée triste, peu souriante, et Oscar redondant d'insolence et de snobisme. Navré de cette rencontre ratée, Martin doit endurer les railleries qui fusent de part et d'autre ; celles de Célestine concernant la petite taille d'Oscar, le trouvant « grotesque avec sa grosse tête », et celles d'Oscar :

— On dirait une sorcière, qu'est-ce que tu peux bien lui trouver à ce vieux tas ?

Célestine n'est pas en reste :

— Il a une gueule de p'tit con, il croit qu'il a tout pigé. Tu parles !

Victor Dujeu demeure circonspect sur les rapports de son fils avec Célestine depuis l'incident de fin novembre. Martin a réintégré la maison, mais n'adresse plus la parole à son père, ou seulement quand c'est indispensable. Les mardis du Mandarin de Jade deviennent si difficiles, si silencieux que Victor demande à Alexandra de se joindre à eux, ne supportant plus de se retrouver en face d'un fils qui n'ouvre la bouche que pour manger. Alexandra, trop contente de faire plaisir à Victor, redouble de poses lascives sous l'œil intéressé du patron de la maison, qui n'a jamais rien vu de pareil dans son honorable établissement.

Célestine n'a pas restitué son roman à Martin. Cela fait plus d'un mois et demi qu'il est en sa possession. Il n'ose pas en parler, se disant qu'elle lit mal et lentement, qu'il ne faut pas la brusquer. Cependant il a besoin du manuscrit – son unique exemplaire – afin de continuer à écrire ; il lui est impossible de reprendre le fil de son récit sans relire ce qu'il a déjà rédigé. Il trouve les journées longues et, pour y remédier, se concentre davantage sur ses devoirs scolaires, promenant son chien plus souvent que d'habitude, restant longtemps avec Célestine, et se couchant tôt.

On arrive au terme de la première semaine de décembre. La rue du Bac est parée de décorations, pour la plus grande joie des enfants, fascinés par les guirlandes illuminées et les vitrines étincelantes. Martin, lui, déteste Noël parce que sa mère a trouvé la mort à cette période de l'année ; sa disparition et la saison des sapins, des paquets cadeaux et des pères Noël demeurent intimement liées dans son esprit. Victor Dujeu éprouve la même aversion pour les mêmes raisons, c'est pourquoi on ne fête ni Noël ni le Nouvel An rue de Babylone. Petit, Martin allait chez sa tante Mathilde où il y avait un arbre, un festin et une profusion de cadeaux, mais dès qu'il fut en âge de refuser, il préféra rester chez lui.

C'est surtout le 23 décembre qu'il faut endurer, date de la mort de Kerstin. Tous les ans ce jour-là, Martin et Victor se rendent à la basilique Sainte-Clotilde, près de la rue Casimir-Périer, là où Kerstin et Victor se sont mariés, où Martin a été baptisé, où Victor a fait dire une messe pour elle au premier anniversaire de sa mort. Ils y restent le temps d'allumer un cierge et, année après année, Martin voit à la lueur de la bougie les larmes de son père perler au coin de ses paupières. Martin, lui, ne pleure jamais dans l'église. Il reste de glace, raide comme un piquet, alors que son père a le dos courbé de chagrin.

C'est après qu'il pleure, dans l'intimité de sa chambre, et chaque année il lui semble que son chagrin est plus fort qu'avant, comme si le temps, au lieu d'estomper sa peine, ne faisait que l'aggraver. Il ressent la même chose lorsqu'il contemple la photo trouvée dans le sac, photo tant de fois étudiée qu'il ne peut plus la voir tellement elle lui fait mal, surtout à l'approche du 23 décembre.

Sur ce cliché, Kerstin sourit et le petit Martin (aux cheveux blancs tant ils sont blonds) aussi, tenant dans ses mains potelées le visage de sa mère. Martin regarde ses mains, si grandes maintenant, ne comprenant pas comment elles ont pu toucher le visage de Kerstin et ne pas s'en souvenir, comment les nerfs tactiles situés au bout de ses doigts n'ont su garder en mémoire le grain de la peau de sa mère.

C'est en décembre que Victor Dujeu téléphone à la famille Sandström en Suède, bien avant la date fatidique pour ne pas devoir en parler et être obligé de compter ainsi les années qui passent. On échange les vœux en anglais, on se souhaite une bonne année, et Martin vient parler à ses grands-parents, leur disant les quelques mots de suédois qu'il connaît. Les Sandström ne se sont pas remis de la mort de leur fille, mais ont fait face avec courage et dignité. Victor Dujeu les soupçonne de le croire indirectement responsable de la mort de Kerstin. Si leur fille unique n'était pas tombée amoureuse de ce jeune avocat lors de son séjour à Paris, elle serait rentrée en Suède et serait encore en vie, mariée à un garçon du coin, mère de nombreux enfants.

Cette année, Anders Sandström désire voir son petit-fils et le lui dit. Sa dernière visite remonte à trois ou quatre ans. Martin promet de venir dès qu'il le peut. Pendant qu'il parle à sa grand-mère au téléphone, il regarde son père debout devant la fenêtre du bureau qui, lui, observe d'un air pensif et lointain le jardin de Babylone et son fourmillement d'enfants. Dans sa main, il tient un des lions de Kerstin.

Longtemps, Martin a étudié le carnet d'adresses trouvé dans le sac Kelly de sa mère. Il le connaît par cœur, tout comme il a appris à reconnaître cette écriture ronde, un peu enfantine.

Ces noms, ces adresses l'intriguent. Qui sont ces gens dont peu de patronymes lui évoquent quelque chose ? Des amis, des relations, des flirts, d'anciens amants ? Il s'agit pour la plupart d'adresses en Suède. Martin ne trouve que trois coordonnées à Paris : Mélanie Ponsard, 22, rue Médéric ; Alexis Joly, 49, rue du Mont-Thabor ; et un gynécologue-obstétricien, celui qui a dû le mettre au monde, car son nom lui est familier, docteur Tourneur, de la clinique Saint-Louis, lieu de sa naissance.

Il a tout à coup envie de composer le numéro d'une de ces connaissances parisiennes, de dire à la voix qui lui répondrait : « Allô, bonjour, je m'appelle Martin Dujeu, je suis le fils de Kerstin Dujeu. C'était une de vos amies ? Pourriez-vous me parler d'elle ? » Le prendrait-on pour un fou ?

Seize ans après, Mélanie Ponsard et Alexis Joly n'habitent certainement plus au même endroit, ce n'est pas la peine d'essayer. Quant au docteur Tourneur, qui a dû accoucher tant de femmes, cela semblerait surprenant qu'il se rappelle une Mme Dujeu, mère d'un Martin Erik de trois kilos sept, né le 18 mars, dix-huit ans auparavant.

Se laissant aller à ses rêveries, le carnet à la main, Martin échafaude des conversations inattendues, des rencontres surprenantes. Mélanie Ponsard s'exclamerait : « Kerstin Dujeu ! Vous êtes le fils de Kerstin Dujeu ? J'étais une grande amie de votre maman. Venez donc prendre un verre ce soir à sept heures. J'habite en face de l'église suédoise, c'est d'ailleurs là que j'ai connu votre mère. »

Alexis Joly, qui aurait sans doute été amoureux de Kerstin, à en juger par le long silence qui suivrait l'annonce de l'identité de Martin, lui chuchoterait : « Oui, j'ai très bien connu votre mère. Mais je ne peux pas vous en parler au téléphone. Retrouvez-moi demain matin à dix heures place des Pyramides. Vous lui ressemblez ? Beaucoup ? Alors je n'aurai aucun mal à vous reconnaître. »

Et le docteur Tourneur, un peu sec, impressionnant dans sa blouse blanche, pressé d'aller retrouver une parturiente, lui lancerait : « Kerstin Dujeu ? Je m'en souviens parfaitement. Ah, les Nordiques, elles accouchent sans anesthésie et avec le sourire ! »

Martin se rend compte que sa mère n'est qu'une inconnue pour lui. D'elle, il ne sait rien à part ce qu'on lui raconte depuis son enfance, les mêmes anecdotes, les mêmes histoires. Au fur et à mesure qu'il mûrit, qu'il prend conscience des choses, il réalise qu'il lui reste encore tout à apprendre de Kerstin Dujeu. Qui était cette jeune Suédoise ensorcelant au premier regard un célibataire endurci, lui donnant un fils dont elle n'aura profité que deux ans, et de quoi avait été tissé son passé, de quelles amours, peines, joies et ambitions ? À quoi ressemblait le son de sa voix ? L'avait-elle grave, douce ou aiguë ? Se mettait-elle souvent en colère, était-elle impétueuse ou, au contraire, possédait-elle une certaine réserve ? S'occupait-elle de lui quand il était bébé, était-ce elle qui se levait la nuit lorsqu'il pleurait, qui le promenait au jardin, lui donnait à manger, le berçait, ou laissait-elle une nurse s'en charger ? Quels étaient ses goûts, qu'aimait-elle lire, quel genre de musique l'attirait, quelle était sa couleur préférée, son plat préféré, son acteur de cinéma préféré ? De cette montagne de détails infimes qui constituent une personnalité, un être, Martin ne sait rien. L'image qu'il a de sa mère n'est qu'un reflet projeté par les autres, comme les ombres du mythe de la Caverne de Platon, et à part ses souvenirs d'enfance, de plus en plus imprécis, il n'a pas d'image à lui.

— Tu vas pas être content.

— Vous avez perdu mon roman ?

— Fais pas cette gueule, mon vieux. Non, j'l'ai pas perdu ton roman, mais tu vas pas être content quand même.

— Vous l'avez prêté ?

— Plus ou moins.

Martin la regarde, soudain très inquiet.

Célestine se met à tousser à rendre l'âme.

Il doit attendre la fin de la quinte.

— Vous savez, Célestine, c'était mon seul exemplaire. Il n'y a pas de double !

— Pas de problème, mon coco, là où il est, ils ont l'habitude.

— Mais qu'est-ce que vous en avez fait ?

Célestine rentre les épaules, se mordille la lèvre.

— J'savais bien que t'allais râler, c'est pour ça que j'ai rien osé t'dire, j'voulais t'faire une surprise, quoi, pour te remercier de tout ce que tu fais pour moi…

— Mais quoi, enfin ? s'impatiente Martin.

— Eh ben voilà, je l'ai filé à Roland.

— Roland ?

— J't'ai parlé de lui, tu sais, le type qui habite rue de l'Université et qui revient m'voir de temps en temps. Il m'file des clopes et à becqueter.

— Pourquoi lui avez-vous prêté mon roman ?

— Hé hé, glousse Célestine en guise de réponse, tout en se frottant les mains.

Martin ne trouve pas cela drôle.

— Quelle est son adresse ? Je veux récupérer mon manuscrit, et tout de suite.

— Minute, papillon ! Assieds-toi, arrête de gigoter, tu m'files le tournis. J't'explique.

— Je vous écoute, dit Martin, glacial.

Une nouvelle quinte de toux l'oblige à patienter davantage.

— Voilà. Roland, il est passé l'autre semaine me dire un p'tit bonjour, quoi. J'étais en train d'lire ton truc. Il m'a demandé ce que c'était, j'ai dit que c'était le roman d'un pote à moi, il a voulu voir. J'lui ai montré et il a commencé à le lire. Il s'est assis à côté d'moi et il a lu pendant deux plombes !

Malgré lui, Martin sourit.

— Il a aimé ?

Célestine glousse de nouveau.

— S'il a aimé ? Mon coco, il l'a embarqué, ton truc. Il est parti comme un fou avec ton roman sous l'bras !

Le sourire de Martin disparaît.

— Mais va-t-il le rapporter ?

— Évidemment qu'il va l'rapporter, pauvre nouille ! Il a bien regardé qu'y avait ton blaze et ton adresse dedans, et il m'a dit qu'il t'appellerait pour t'donner sa décision.

— Sa décision ? Mais qu'est-ce que ça veut dire ?

— Ha ! C'est ça, ma surprise ! Je voulais t'faire poireauter encore un peu, mais tu veux trop le récupérer, ton texte. Tiens, Roland m'a filé ça pour toi.

Elle lui tend une carte de visite, tout en toussant bruyamment.

Martin lit :

Roland ARGENÇON
Directeur littéraire
Éditions Rive Gauche

Victor Dujeu lui annonce un mardi soir au restaurant qu'Alexandra va quitter la rue de Babylone.

— Et tes fiançailles ? demande Martin en feignant la surprise.

— Plus de fiançailles, dit Victor Dujeu, gêné mais digne.

— Ah, murmure Martin.

Puis ils dînent sans un mot.

Martin n'entendra plus le claquement des talons d'Alexandra sur le parquet, Wagner à onze heures du soir, et ne respirera plus ce parfum particulier, effluve qui fait encore (malgré sa nouvelle indifférence) naître au fond de lui un trouble confus.

Le lendemain matin, en allant apporter son croissant à Célestine, il constate qu'elle n'est pas là. Seule reste la feuille de carton, entourée de quelques mégots. Martin attend quelques instants dans le froid, se disant qu'elle est peut-être partie faire un tour. Au bout d'un quart d'heure, comme elle n'apparaît pas, il doit se rendre à son cours, ayant déjà du retard.

Toute la matinée, Martin pense à Célestine, à son absence inexpliquée. À midi, il maudit le bus qui n'avance pas assez vite pour regagner Saint-Germain-des-Prés, puis une fois arrivé, se précipite rue du Bac et constate avec angoisse qu'il n'y a toujours personne. Il rentre alors chercher Germinal, impatient d'être promené, et revient avec lui devant la porte cochère.

Le marchand de légumes le hèle.

— Vous avez vu ? Elle n'est plus là !

— Oui, j'ai vu, dit Martin. Cela m'inquiète.

— Oh, elle a dû prendre une cuite et se faire embarquer au poste. Elle reviendra vite, le temps de rester au chaud. Fait un froid de bête, hein ?

— Oui, dit Martin, d'un ton absent. Vous pensez qu'elle a pris une cuite ? Elle buvait moins, dernièrement.

Le marchand de légumes hausse les épaules.

— Vous savez, ces gens-là, ils ont une vie dure. Il suffit d'un rien pour sombrer à nouveau. Elle a peut-être eu une déprime, un coup de blues quoi. Vous l'avez vue quand pour la dernière fois ?

Martin réfléchit.

— Hier, à l'heure du déjeuner. Elle allait bien. Enfin, à part sa toux.

— Ah oui, sa toux… Il faudrait qu'elle se fasse soigner.

— Comment voulez-vous qu'elle se fasse soigner ? Elle n'a pas d'argent et ça coûte cher, une consultation. Un médecin, en la voyant arriver, ne voudrait pas la toucher.

Le marchand de légumes hoche la tête, s'affaire à servir une cliente, visiblement peu intéressé par les propos de Martin.

Martin s'assoit devant la porte cochère avec son chien et passe ainsi son heure de déjeuner, à attendre. Elle ne vient pas et, de plus en plus tourmenté, il conduit Germinal à la maison, puis repart au lycée.

Le matin suivant, Célestine n'est toujours pas revenue. Le froid s'est accentué, vif et cinglant. La météo prévoit de la neige pour la fin de la semaine. Désespéré, Martin se rend au commissariat de la rue Perronet, au coin de la rue du Pré-aux-Clercs. Un agent assez sympathique le reçoit et lui apprend que les sans-domicile fixe passent rarement plus d'une nuit au poste.

— On les garde le temps qu'ils dessoûlent, puis on les remet sur le trottoir, en attendant la prochaine fois.

On montre à Martin les noms des SDF amenés au commissariat durant les trois derniers jours, il peut constater qu'il n'y a pas de prénom de femme, tout en se rendant compte qu'il ne connaît même pas le nom de famille de Célestine, ce qui ne va pas faciliter ses recherches.

— Essayez les hôpitaux, conseille l'agent, ou si vous êtes moins optimiste, la morgue…

Martin le remercie et se retrouve dehors, désemparé, la tête vide. En regardant sa montre, il voit qu'il est très en retard pour aller en cours. Autrement dit, il n'échappera pas à des heures de colle. Qu'importe, il lui faut à tout prix retrouver Célestine.

Boulevard Saint-Germain, il tourne en rond, ne sachant où aller, puis se souvient d'un hôpital rue de Sèvres, près de chez lui. Elle est peut-être là… Et la morgue ? Il ne veut pas y penser, mais imagine malgré lui Célestine déjà grise parmi un étalage de macchabées réfrigérés, une étiquette autour de l'orteil, rangée dans un de ces longs tiroirs qu'il faut ouvrir un à un afin de la retrouver parce que Martin ne connaît pas le patronyme de la défunte, sous l'œil goguenard du responsable des lieux que ce ballet macabre n'impressionne plus depuis longtemps.

Il arrive devant l'hôpital rue de Sèvres et se dirige vers l'accueil. L'hôtesse ne peut s'occuper de lui, car il faut laisser passer des cas urgents. Martin s'efface avec sa discrétion habituelle. Après un quart d'heure, on lui annonce qu'il doit se rendre au service des admissions s'il souhaite retrouver quelqu'un : « Suivez la flèche rouge, allez au bâtiment B, montez au premier étage et tournez à gauche au fond du couloir après la porte vitrée. »

Il s'égare dans le dédale de flèches et d'étages, pestant contre lui-même, perdant ainsi une bonne demi-heure. L'hôpital lui paraît vaste et sinistre. Les multiples décorations de Noël tendues çà et là ne parviennent pas à égayer l'atmosphère oppressante. De ces couloirs interminables et surchauffés émanent des relents de désinfectant, de maladie et de renfermé. Par les portes entrouvertes, Martin aperçoit des visages blêmes et des corps inertes. Seul le va-et-vient dynamique des infirmières semble pouvoir dissiper l'ambiance funèbre.

À force de voir Martin errer pour la troisième fois dans un service, l'une d'elles, prise de pitié, lui demande ce qu'il cherche.

— Les admissions, dit-il avec lassitude, mais cela ne sert à rien : je ne connais pas le nom de famille de la personne que je cherche, d'ailleurs je ne sais même pas si elle est ici.

L'infirmière le regarde, puis sourit.

— Allons, ne vous découragez pas ! On va la retrouver, cette personne. Vous avez au moins son prénom ?

— Oui, répond Martin, mais j'imagine que l'ordinateur ne classe pas les malades par leur prénom.

— Vous avez raison. Dites-moi, elle était malade, cette personne, avant d'arriver ici ? Si elle est ici, bien sûr…

— Elle était assez malade, oui, elle toussait beaucoup.

— Une bronchite ?

— Elle toussait depuis bien longtemps. Le fait qu'elle vive dans la rue n'a rien arrangé.

— Un SDF ?

— Oui. Une femme. Vous voyez qui c'est ?

L'infirmière hausse les épaules.

— Vous savez, ici, comme dans tous les hôpitaux parisiens, on en voit passer beaucoup, des SDF, surtout l'hiver. Mais vous me dites qu'elle toussait ?

— Oui. Elle s'appelle Célestine.

— On va aller jeter un coup d'œil dans le service des maladies respiratoires. Vous tombez bien, c'est mon quart d'heure de repos, je vous emmène, d'accord ?

Célestine n'y est pas.

Michèle, l'infirmière, attristée par l'angoisse de Martin, lui dit qu'elle va continuer à chercher. Elle l'installe dans une salle d'attente, l'arme de magazines et disparaît en lançant :

— Attendez-moi là, surtout ne bougez pas !

Trois quarts d'heure plus tard, une autre infirmière, plus jeune et moins souriante, vêtue d'une blouse verte, un masque en papier vert autour du cou, s'approche de Martin.

— C'est vous qui cherchez une Célestine ?

— Oui, fait Martin, se mettant debout.

— Mon Dieu, comme vous êtes grand ! s'exclame l'infirmière, qui ne dépasse pas le mètre cinquante. Rasseyez-vous, je ne vous vois plus !

Martin obéit.

— Je viens de la part de Michèle qui a dû reprendre son travail. Votre amie est en réa.

— En réa ? répète Martin, perplexe.

— En réanimation.

— Mais qu'est-ce qu'elle a ?

— Je n'en sais rien, monsieur. C'est tout ce qu'on a voulu me dire. Elle se trouve bâtiment C, troisième étage, service du professeur Gaubert. Excusez-moi, mais on m'attend au bloc.

9

Le don de Célestine

— Célestine Marie Brigitte, née Baudoin, divorcée Lambert, c'est bien elle ?

— Oui, fait Martin, impressionné par ces noms qu'il ne lui connaissait pas.

L'interne qui se tient devant lui a les traits tirés par une nuit de garde.

— Vous êtes de la famille ? lui demande-t-elle en levant les yeux du dossier médical.

— Non, dit Martin.

— Ah, fait l'interne, hésitante.

— Je crois bien qu'elle n'a pas de famille, enfin pas que je sache. Je suis un de ses amis. Un ami très proche.

L'interne le regarde longtemps sans rien dire.

— Je peux aller la voir ? demande Martin.

— Bon, venez avec moi, on ne va pas rester dans le couloir comme ça.

Elle l'emmène dans un bureau vide.

— Votre amie ne va pas bien, reprend-elle.

— Qu'est-ce qu'elle a ?

— Elle est atteinte d'un cancer des bronches et son cas est aggravé par une pleurésie purulente. Un passant l'a trouvée évanouie rue du Bac, avant-hier, à neuf heures du soir. Le Samu nous l'a amenée et nous n'avons pu que constater l'avancée de sa maladie.

Le cerveau de Martin bourdonne : un cancer ? une pleurésie ?

Il fait de son mieux pour maîtriser sa peur, sa douleur.

— Je peux la voir ? demande-t-il d'une voix étrangement dénuée d'émotion.

— Pas aujourd'hui, elle a été placée sous respiration artificielle. Elle n'a pas droit aux visites.

— Quand est-ce que je pourrai la voir ?

— Je vous le dirai.

— J'ai besoin de la voir. Et je suis sûr qu'elle a besoin de me voir aussi.

L'interne sourit.

— Je sais. Vous êtes Martin Dujeu ?

— Oui.

— Elle nous parle beaucoup de vous.

— S'il vous plaît, je voudrais savoir…

— Oui ?

— Est-ce qu'elle va mourir ?

Il voit bien qu'elle cherche ses mots. Elle est encore trop jeune dans le métier pour posséder cette indifférence polie, cette réserve qu'ont la plupart des médecins de la génération précédente. Elle regarde Martin droit dans les yeux, mais n'ose pas dire la vérité, les joues rouges d'émotion.

— Ce n'est pas la peine de me cacher quoi que ce soit, je préfère savoir. Dites-moi, docteur.

La jeune femme retrouve son aplomb.

— Son état n'est pas excellent, nous sommes assez réservés sur son cas.

— Vous ne voulez pas m'en dire plus ?

— Demain matin, vous parlerez avec le chef de clinique et le professeur Gaubert. Ils vous donneront plus de détails. Venez vers dix heures et demie.

— Je viens te dire au revoir.

Martin lève la tête d'une dissertation de philosophie pour voir Alexandra à sa porte, vêtue d'un long manteau noir.

— Où vas-tu ?

— Tu le sais bien. Je m'en vais. Ton père te l'a dit, non ?

— Oui, mais je ne pensais pas que tu partirais si vite.

Elle s'approche de lui, lentement, un sourire aux lèvres, lui passe une main dans les cheveux.

— Tu as une belle tignasse, Martin Dujeu.

Il ne bronche pas.

— Je ne te fais plus rien ?

— Plus rien du tout.

Elle a l'air légèrement déçue.

— Tu en as une autre ?

— Une autre quoi ?

— Une autre femme.

— Et toi ? Tu pars retrouver qui ? Un des petits jeunes qui viennent te sauter à l'heure du déjeuner ?

Bizarrement, elle ne réagit pas, se contente de sourire.

— Tu vois, Martin, pendant les douze mois que j'ai vécu ici, ce qui m'a amusée le plus, finalement, c'était de voir ton évolution. Au début, tu étais timide, tu ne disais rien, tu rougissais dès que je te regardais. J'ai compris que tu ne m'aimais pas, que tu voyais en moi quelqu'un qui pouvait prendre la place de ta mère. Tu étais dans l'ombre de ton père, écrasé par lui, et on sentait planer autour de toi le vide qu'a laissé la mort de ta mère. Puis, petit à petit, tu as pris de l'assurance, tu t'es émancipé, tu as commencé à répondre à ton père, à ne plus le craindre. Quand tu as été dormir dans la rue avec ta vieille clodo, il en a été malade. Il n'a pas fermé l'œil de la nuit. Il se levait toutes les dix minutes pour voir si tu étais rentré. Tu l'as laissé mariner. Tu as été adroit avec moi aussi, tout à fait machiavélique, comme j'aime. Tu m'as donné envie de toi et tu m'as repoussée. On ne m'avait jamais fait ça. J'ai attendu assez longtemps que tu viennes vers moi, puis j'ai compris que tu étais le plus fort, que le petit Martin – petit en âge et pas en taille – était devenu un homme capable de défier son père. Un homme capable de lui ravir sa propre maîtresse…

Elle s'approche davantage, une lueur dans les yeux, et Martin voit qu'elle est nue sous son manteau.

— Martin…, souffle-t-elle.

Il se lève d'un bond, troublé par l'apparition de ce ventre nu sous les pans noirs.

— Où est mon père ?

— Il est avec un client, il va rentrer tard. Je lui ai déjà dit au revoir ce matin.

Martin n'a pas envie d'elle.

— Viens…, souffle-t-elle.

Le manteau s'ouvre, laissant entrevoir les seins ronds et le bas-ventre.

— Non, dit-il fermement. S'il te plaît, Alexandra, laisse-moi tranquille. Pars.

Elle le regarde durement, la bouche crispée de dépit.

— Comme tu voudras. Tant pis pour toi.

Et elle s'envole dans un rapide jeu de jambes. Pour la dernière fois, Martin entend les talons aiguilles marteler le couloir. Dix minutes plus tard, la porte se ferme avec fracas. Martin se précipite dans le salon juste à temps pour voir de la fenêtre un taxi disparaître au bout de la rue de Babylone.

Il en éprouve un profond soulagement.

Martin rencontre Oscar rue de Rennes, devant le Drugstore. La neige a fait une première tentative timide, revêtant d'un blanc duveteux trottoirs et chaussées, mais le passage des voitures et des piétons a maculé le manteau clair, transformé en une boue glissante qui fait chuter les vieilles dames.

— T'as une sale gueule, remarque Oscar.

— J'ai de quoi.

— Tu viens prendre un café ?

Il est six heures du soir. Martin n'a pas le courage de rentrer rue de Babylone et d'affronter l'appartement silencieux. Ils s'installent dans un café rue du Dragon.

— Qu'est-ce que t'as ? demande Oscar en se frottant les mains afin de les réchauffer.

— Tu sais bien qu'à cette époque de l'année, je ne suis jamais particulièrement gai.

— Oui, c'est vrai. Excuse-moi.

Martin commande un chocolat chaud, Oscar un café-crème.

— Il y a autre chose, dit Martin.

— Allons bon.

— C'est Célestine.

— Ta vieille sorcière ?

— Elle est en train de mourir.

Oscar ne sait que répondre.

— Elle est à l'hôpital. J'ai vu le type qui s'occupe d'elle hier, un grand professeur. Il m'a dit qu'elle allait y passer.

— Elle a quoi ?

— Un cancer.

— Tu l'as vue ?

— Non, ils ne me laissent pas la voir, pour l'instant.

— C'est dur, murmure Oscar.

— Je sais que tu ne l'aimes pas, et je sais que tu ne comprends pas pourquoi je m'intéresse à elle. J'aurais aimé que tu puisses la connaître mieux, mais maintenant c'est trop tard.

Incrédule, Oscar voit que les yeux de Martin se sont remplis de larmes. De sa vie il ne l'a jamais surpris à pleurer, même pas dans la cour de récréation lorsqu'il tombait et se faisait mal, même pas quand on évoquait la mort de sa mère, moins encore quand son père le corrigeait. Il pensait Martin insensible, détaché, imperturbable.

Les larmes de son ami glissent sous ses lunettes et tombent dans son chocolat comme des gouttes de pluie.

— Si tu as honte de moi, tu peux t'en aller, lâche Martin. Cela ne me dérange pas.

— Je n'ai pas honte du tout, souffle Oscar, dénué de sa repartie coutumière. Je suis triste pour toi.

Martin pleure encore un peu en silence. Puis il nettoie ses lunettes, se mouche et boit son chocolat d'un trait.

— Tu fais quoi pour les vacances de Noël ? demande Oscar.

— Je les commence par quatre heures de colle pour cause de retard. Après, je ne sais pas. Je vais essayer de voir Célestine. Je voudrais passer le plus de temps possible à m'occuper d'elle.

— T'en fais pas, Dujeu, elle est solide, ta Célestine, elle en a vu d'autres.

Mais Martin ne l'écoute plus, fixant d'un regard absent les passants qui se hâtent dehors dans le froid, pressés de rentrer chez eux.

De Célestine il ne voit que deux longues mains osseuses, presque transparentes, posées sur le drap. Deux cathéters plantés dans ses avant-bras sont reliés à des flacons et une infirmière masquée, debout près du lit, contrôle le débit des perfusions. On demande à Martin de mettre un masque. L'infirmière règle le goutte-à-goutte d'une des perfusions et quitte la pièce.

Il peut alors enfin s'approcher, distinguer un faciès amaigri sous un amas de tuyaux. Elle a les yeux fermés, le bas du visage pris dans une sorte de ventouse, un tube dans chaque narine. De ses cheveux longs, il ne reste rien qu'un fin duvet blanc de quelques millimètres.

— Elle avait des poux, chuchote la jeune interne derrière lui. On a dû la raser.

— Qu'est-ce qu'elle a dans le nez ?

— C'est pour qu'elle respire plus facilement. Elle n'est plus sous respiration artificielle.

— Elle va donc mieux ?

L'interne lui dit alors à voix basse :

— Non, elle ne va pas mieux.

— Vous débranchez tout et vous la laissez crever, c'est ça ?

— Ne parlez pas si fort, s'il vous plaît, vous allez l'effrayer. Vous avez vu le professeur avant-hier, non ?

— Oui, je l'ai vu.

— Il vous a expliqué ?

Martin sourit avec amertume.

— Il ne m'a rien expliqué, il m'a dit la vérité. C'était dur à entendre, mais au moins je ne me fais plus d'illusions.

— Alors vous savez.

— Je sais quoi ?

— Ne jouez pas avec moi, s'il vous plaît.

Martin a honte. Il chuchote :

— Pardonnez-moi. Oui, je sais. Je sais qu'elle va mourir.

— Ne lui montrez pas que vous êtes triste. Faites comme si tout allait bien. Je vous laisse. Ne la fatiguez pas trop.

La porte se referme doucement.

Il se penche sur Célestine, écoute pendant quelques minutes avec effroi le râle impressionnant qui crépite et grésille, puis, tirant une chaise vers le lit, il s'assoit près d'elle et lui prend la main.

Elle ouvre les yeux et il voit deux prunelles sombres à l'éclat atténué mais encore présent. Elle tente de parler, mais il n'entend qu'un gargouillis incompréhensible. Alors elle lève la main et tire violemment sur la ventouse en plastique qui lui enserre le menton.

— Attention, Célestine ! s'écrie Martin. Vous allez vous faire mal.

— Ah, j'en ai marre de ce fichu machin ! J'peux pas parler avec ce truc sur la tronche, déjà avec les bidules qu'ils me foutent dans le pif…

Sa voix est méconnaissable, cassée, réduite à un chuchotis rauque.

— Comment vous sentez-vous ?

— Bof, pas terrible. Y a un de ces raffuts dans mon coffre, t'entends ?

— Oui, dit Martin, mais ce n'est rien, vous allez guérir.

— Tu parles, ricane Célestine. Ils sont tous là à me tourner autour comme si j'étais la reine mère. Le moindre bobo et y a le grand ponte qui se pointe avec toute sa clique. Et ça me donne du « Comment ça va, madame ? » et « madame » par-ci et « madame » par-là. J'aurais rien, je serais pas ici, Martin Dujeu, tu l'sais aussi bien que moi. Ils m'auraient refoutue dehors vite fait bien fait, y a pas de place pour les cloches ici, sauf pour ceux qui vont crever. J'suis ici parce que je vais clamser et tout le monde le sait.

Martin baisse la tête.

— Allez, mon grand, on va pas s'la jouer triste, hein ? Et enlève ton masque, que j'voie ta frimousse, t'as pas peur de mes microbes ? Non, t'as raison, ils peuvent rien te faire. Voilà... Oh, comme t'as l'air claqué ! Qu'est-ce qui t'arrive ? Ne m'dis pas que tu t'inquiétais pour ta vieille Titine ?

— Si, dit Martin. J'ai eu peur, je ne savais pas où vous étiez. Et puis j'ai dû attendre quatre jours avant de vous voir.

— Mais j'suis bien ici, tu sais. À part les machins pour m'faire respirer, j'ai enfin d'quoi becqueter, on m'lave tous les jours, j'suis propre comme un sou neuf. On m'a rasé la boule à zéro, t'as vu ? Faut pas t'en faire pour moi, coco. C'est mieux que d'faire couic dans la rue, j'avais la trouille de ça. Au moins, j'suis au chaud, j'suis pépère, c'est raisonnable de mourir dans un hosto. C'est une belle mort.

— Oui, fait Martin d'une voix étranglée.

L'interne ouvre la porte et fait un signe à Martin.

— Je dois partir, dit-il à Célestine. Mais je reviens demain.

— J'y compte bien ! J'ai des trucs importants à t'dire.

— Vous avez besoin de quelque chose ?

— Apporte-moi à lire, tiens, le bouquin dont tu m'parlais, celui d'Zola qui finit pas trop mal.

— *Le Rêve* ? Je vous l'apporte, c'est promis.

— À d'main, mon coco.

— À demain, Célestine.

Il s'en va après avoir jeté un dernier regard vers elle.

Tout à coup, elle paraît vidée, rongée de l'intérieur par la maladie. L'interne lui remet la ventouse et prend son pouls en murmurant quelques mots réconfortants.

Martin quitte l'hôpital et se rend à la librairie du Bon Marché pour acheter *Le Rêve*.

Le lendemain, elle semble plus pâle et maigre. Elle a du mal à parler, tousse continuellement et sa voix n'est qu'un faible murmure enroué. Se plaignant d'avoir la bouche sèche, elle réclame sans cesse à boire. Quand Martin arrive, elle s'anime, tout sourire, mais il commence à se douter qu'en son absence elle reste prostrée sur son oreiller, les yeux clos, à respirer péniblement.

— Ils m'laissent pas fumer ! bougonne-t-elle.

— Tant mieux.

— Fayot, va !

À trois heures et demie, l'infirmière arrive pour prendre la température, administrer des médicaments, surveiller la tension et vérifier si la perfusion coule bien. À quatre heures, un jeune homme apporte une collation sur un plateau : thé léger, gâteau et petit-suisse. Il offre un plateau à Martin.

— On est jamais seuls dans cet hosto, dit Célestine.

— Ah bon ? Mangez votre petit-suisse.

— Ils t'réveillent à six heures du mat pour voir si t'as de la fièvre, prennent ta tension, puis y a le p'tit déj. T'as à peine le temps de finir ta tartine qu'elles arrivent pour t'laver, faire le plumard. Après y a le ponte qui passe avec ses groupies. Tu pionces un p'tit coup et hop, c'est la tambouille ! L'après-midi y a une assistante sociale qui vient m'voir, une femme qui s'occupe des menus, puis encore le toubib, puis l'infirmière, et c'est d'jà l'heure du goûter.

— Mangez votre gâteau, Célestine.

— Oui, chef. Et après ça, dîner à sept heures. C'est bon, d'ailleurs la bouffe, ils disent que c'est infect dans les hostos, mais moi j'trouve ça bon. Après, j'mate la télé. J'ai pas regardé la télé depuis quinze ans. Tu sais ce que j'préfère ?

— Non, quoi ?

— Les pubs ! Y a qu'des bonnes femmes proprettes qui parlent de leur poudre à laver et d'leurs serviettes hygiéniques. C'est dingue ! Jamais vu ça, moi, qu'on parle de ragnagnas à la téloche. On n'arrête pas le progrès.

— Vous êtes bien ici, finalement ?

— Ils sont gentils avec moi. J'ai pas l'habitude.

— Vous pouvez vous lever ?

— Pas trop.

La chambre de Célestine donne sur un espace qui doit se situer derrière le jardin de Babylone. Elle est assez claire, bien que minuscule.

— Vous avez de la chance d'avoir une chambre seule.

— Un peu, oui ! J'aurais pas supporté de la partager avec un vieux schnoque bourré de miasmes qui m'aurait emmerdée toute la journée. Moi, j'aime bien être seule.

— De ça aussi, vous avez l'habitude.

— Comme toi.

— Je me suis habitué à vous.

Elle le regarde longuement et il sent ses yeux noirs caresser son visage comme un rayon de soleil.

— T'es un brave gosse, Martin.

Il y a un silence. On n'entend que les bronches de Célestine grésiller comme du beurre sur le feu.

— J'voudrais te faire un cadeau, parce que je t'aime comme si t'étais mon propre gamin.

— Un cadeau ?

— J'ai bien réfléchi à la question, tu vois, j'ai pensé à tout ça. J'ai eu le temps, crois-moi. On s'emmerde un peu sur un lit d'hosto, on a l'temps de s'creuser la cervelle.

— À quoi avez-vous réfléchi ?

— J'ai pensé à toi, à tout ce que t'as pu faire pour moi depuis l'été dernier.

— Vous aussi, vous avez fait des choses pour moi.

Les yeux de Célestine brillent comme deux diamants noirs.

Elle prend la main de Martin, la serre fort et, avec un effort surhumain, tente de se redresser dans son lit.

— Mais oui ! Mais oui ! J'ai pensé à tout ça, j'arrête pas d'y penser !

— À quoi ?

— Il faut que ce soit réciproque pour que ça marche... C'est ça, ré-ci-proque. Tu comprends ?

— Je vous avoue que non.

Elle s'impatiente, toussote, le visage rougi par une sorte de fièvre.

Martin tente de la calmer, effrayé par son agitation.

— Dis, tu m'aimes, Martin ?

— Oui, je vous aime, Célestine.

— Tu m'aimes comment ?

— Je vous aime d'un amour sincère et respectueux, comme l'amour d'un enfant pour un parent.

— Et moi j't'aime comme si je t'avais tricoté, j't'aime comme si je t'avais porté dans mon ventre ! Alors tu vois, ça va marcher, je sais que ça va marcher ! « Un amour pur et profond », c'est ça qu'elle disait, maman, tu vois ?

Martin se souvient de son journal et des histoires que lui racontait sa mère. Célestine, essoufflée, exsangue, s'est renversée sur son traversin.

— Donne-moi un verre d'eau, chuchote-t-elle avec ce qui lui reste de voix.

Il lui tend un verre.

— Je vous en prie, Célestine, essayez de vous calmer, cela ne doit pas être bon pour vous de vous mettre dans un tel état.

On frappe à la porte.

C'est le jeune homme qui vient chercher les plateaux.

— L'interne me charge de vous dire qu'il faut laisser madame se reposer, annonce-t-il.

— Madame vous emmerde ! grommelle Célestine en lui lançant un regard noir.

Apeuré, le jeune homme disparaît.

Martin se lève pour prendre son manteau.

— Martin Dujeu, assieds-toi ! ordonne-t-elle.

— Je veux bien, mais calmez-vous.

— Écoute-moi, c'est pas d'la rigolade, mes histoires ! Ma mère, c'était quelqu'un de bien, pas le genre à raconter des craques.

— Je n'en doute pas un instant.

— Voilà le cadeau que j'veux te faire. Je vais t'exaucer trois vœux.

— Célestine..., commence Martin, mais elle le fixe d'un air si terrible qu'il se tait.

— Écoute-moi bien, Martin Dujeu. Tu vas penser à c'que tu souhaites le plus au monde et moi, moi Célestine du Bac, dit-elle en se redressant fièrement dans son lit, la peau aussi blanche que la chemise de nuit de l'Assistance publique qu'elle porte, je vais t'les réaliser.

— Vous prenez cela très au sérieux.

— Et comment !

Martin décide de jouer le jeu pour ne pas risquer de la fatiguer davantage, car son teint s'est plombé et elle respire de plus en plus mal.

— Très bien. Voici mon premier vœu.

Elle s'allonge, croise les bras avec précaution à cause des perfusions et ferme les yeux.

— J'me concentre à fond. Vas-y !

— Je veux que vous guérissiez.

Elle rouvre les yeux, furieuse.

— Ah non, ça c'est d'la triche !

— Comment ça ?

— Mais tu sais bien que ça peut pas m'concerner ! Sinon, ça marche pas. Merde alors, fais un effort.

— Pardonnez-moi. En fait je voudrais vous souhaiter santé, bonheur et prospérité, voilà mes trois vœux.

— Eh bien c'est râpé, mon vieux, recommence, et fais gaffe cette fois.

À cet instant, l'interne fait son apparition.

— Il arrive, docteur ! s'agace Célestine. Il arrive tout de suite !

— Vous m'avez l'air bien agitée, remarque l'interne en fronçant les sourcils.

— Tout va bien, je vous assure, dit Martin calmement. Je viens tout de suite.

— Je compte sur vous, lance l'interne en sortant.

— Alors ? crie presque Célestine. C'est quoi ton premier vœu ? Grouille-toi, coco !

— Je cherche.

Martin ne sait pas quoi inventer. Il ne veut pas la blesser en lui disant qu'il ne la croit pas.

Il a tout à coup une idée :

— Je voudrais gagner au Loto.

— C'est quand le tirage ?

— Je pense que c'est ce soir.

— T'as encore le temps d'acheter un billet ?

— Si je fonce.

— Alors fonce.

— J'y vais.

Elle sourit, heureuse, apaisée.

— Tu verras, tu vas gagner, Martin Dujeu.

Il lui sourit avec tendresse.

— À demain, Célestine.

— À d'main, mon coco. N'oublie pas d'regarder les résultats à la télé.

Pour faire plaisir à Célestine, et uniquement pour cette raison, Martin achète donc une grille de Loto pour une vingtaine de francs. Il coche 16, 3, 7, 22, 33, 28, numéro complémentaire le 8 – chiffres choisis au hasard –, fourre le billet dans sa poche et l'oublie aussitôt.

Lorsque Martin rentre chez lui, il trouve son père lisant son journal dans le salon, Germinal à ses pieds.

— Bonsoir, dit Victor Dujeu en entendant la porte d'entrée se refermer.

Depuis le départ d'Alexandra, ils se parlent davantage.

— Bonsoir, répond Martin.

— Oscar a appelé pour toi. Je ne savais pas que ton amie était malade.

— Je t'en avais pourtant informé le soir où tu l'as mise à la porte.

Victor Dujeu plie son journal et se lève pour s'approcher de son fils.

— Elle est à l'hôpital, il paraît ?

— Oui.

— C'est de là que tu viens ?

— Oui.

— Comment va-t-elle ?

— Mal.

— Je suis désolé pour toi, Martin.

— Vraiment ?

Victor Dujeu regarde son fils droit dans les yeux.

— Oui, je le suis, j'ai compris que tu tenais beaucoup à elle.

Martin capte la sincérité dans la voix et les yeux de son père.

— Je t'en remercie.

— J'espère qu'elle ira mieux.

— Je crois que c'est trop tard.

— Tu en es sûr ?

— Son médecin m'a parlé. Il n'y a pas d'espoir. On attend la fin. Cela peut mettre trois jours comme trois semaines.

— Un cancer ?

— Oui, et des complications.

— Elle souffre ?

— Elle ne le montre pas. Elle est d'un courage extraordinaire.

Martin s'approche de la fenêtre du salon. Derrière la masse sombre du couvent, on devine les toits de l'hôpital. Célestine est quelque part là-bas, dans sa petite chambre, en train de dîner. Au moins, pense Martin, elle n'a plus froid et mange à sa faim.

— Je crois que ton chien attend son repas avec impatience, remarque Victor Dujeu en reprenant son journal et en allumant un cigare.

Martin siffle en se dirigeant vers la cuisine. Joyeux, le beagle le suit en agitant la queue. Martin le nourrit, le promène pendant un quart d'heure, puis commence le brouillon d'une dissertation de philosophie à rendre dès la reprise des cours : « Est-il juste d'affirmer que pour bien comprendre autrui, il faut tenter de se mettre à sa place ? » Inspiré par son sujet, Martin se lance.

À huit heures son père l'appelle :

— C'est servi !

Mme Leclerc, la gardienne de l'immeuble, leur prépare les repas à l'avance ; il suffit ensuite de les réchauffer. Le couvert est mis, comme tous les soirs, dans la salle à manger devant la télévision, car Victor Dujeu tient à regarder les actualités. Ils dînent en silence, comme d'habitude, les yeux rivés à l'écran. Martin pense à son devoir, se demandant s'il ne doit pas citer Sartre et Bergson dans l'antithèse, ayant évoqué Husserl en première partie, et tente de se souvenir d'une citation d'Aristote, parfaite pour l'introduction.

À huit heures et demie, le téléphone sonne. Martin se lève pour aller répondre. C'est une femme qui demande son père.

— De la part de qui ? s'enquiert Martin, curieux.

— Estelle.

S'agit-il d'une nouvelle conquête ? Son père ne perd pas de temps. À peine Alexandra partie, il la remplace déjà.

— C'est pour toi, dit Martin en retournant dans la salle à manger.

Son père quitte la pièce.

Martin termine son dîner, regardant à peine la publicité, la météo, le journal des courses, la publicité à nouveau, songeant encore à son devoir. « L'homme est, par nature, un être social. » Il tient enfin la citation d'Aristote et son introduction ; il lui faut à présent trouver une conclusion pertinente. Son père ne revient pas, accaparé par la mystérieuse Estelle. Martin débarrasse son couvert, laissant sur la table l'assiette de son père à moitié pleine, et passe un coup d'éponge. Il aime bien son professeur de philosophie, un homme intelligent, astucieux, affectionnant l'humour noir. Pour la première fois de sa vie, Martin se sent motivé par un enseignant, voulant se surpasser et obtenir des notes encore meilleures dans une discipline où il a pourtant toujours brillé.

Martin s'approche de la télévision pour l'éteindre.

Une blonde envahit l'écran, micro collé aux lèvres, se dandinant sur une musique sirupeuse.

Martin appuie sur l'interrupteur alors qu'elle annonce :

— Et le numéro complémentaire est…

Il se rappelle Célestine et le vœu, rallume vite l'appareil, non pas parce qu'il s'attend à quelque chose, mais surtout pour noter les numéros et faire croire demain à Célestine qu'il a gagné.

La blonde réapparaît avec son sourire figé.

— Voici donc, mesdames et messieurs, les résultats du Loto de ce soir : le 16, le 3, le 7, le 22, le 33, le 29 et en numéro complémentaire le 7. Nous avons joué ce soir pour la somme de vingt et un millions de francs, cagnotte à partager entre les gagnants du premier rang.

Martin compare les chiffres inscrits sur l'écran avec ceux de son billet. Ce sont les mêmes, à part le dernier et le complémentaire. Il vérifie encore une fois. Il s'agit bien des chiffres 16, 3, 7, 22, 33.

Martin est pris d'un vertige et doit s'asseoir, le souffle coupé.

Victor Dujeu pénètre dans la pièce et voit son fils effondré sur une chaise devant la télévision.

— Eh bien, Martin ? Qu'est-ce qui t'arrive ? Tu es tout blanc !

Martin regarde son père sans le voir, balbutie quelques mots inaudibles et se précipite vers le téléphone. Le combiné est encore chaud, embaumant l'after-shave de son père.

— Duval ? Dujeu. Je dois te parler et maintenant, OK ? J'arrive.

Intrigué, Victor Dujeu entend la porte d'entrée claquer et Martin dévaler les marches à toute vitesse, Germinal à sa suite.

10

Le doute

— C'est impossible, mon vieux, complètement impossible !

Oscar, bras croisés sur son torse bombé, secoue ses boucles avec fermeté.

Debout devant lui, encore tout essoufflé d'avoir couru d'une traite de la rue de Babylone jusqu'à celle de Vaugirard, Martin frappe du pied avec un énervement qu'Oscar ne lui a jamais connu.

— Mais enfin, Duval ! Cinq bons numéros sur sept ! Tu ne vas pas me dire que c'est le hasard !

— Pure coïncidence, fait Oscar, formel.

— Je sais bien que tu ne crois pas à ce genre de chose, et d'ailleurs moi non plus, jusqu'à maintenant je n'y croyais pas, mais c'est extraordinaire, non ?

— Ça arrive, même si c'est qu'une fois sur un million. Tu as gagné plein de fric et tant mieux pour toi. C'est super ! Mais ne va pas raconter à tout le monde que ta vieille clocharde a des pouvoirs magiques et que tu as gagné grâce à elle. Tu te rendrais ridicule, et crois-moi, tu l'es déjà assez.

— Tu disais toi-même qu'elle avait une tête de sorcière !

— Parce qu'elle a un nez crochu et des vilaines dents. Allez, Dujeu, arrête de faire le con, les sorcières, ça n'existe pas.

Oscar consulte sa montre, puis se lisse les cheveux avec application devant le miroir de l'entrée.

— Écoute, mon vieux, reprend-il en inspectant les interstices entre ses dents au cas où un traître morceau de nourriture s'y serait coincé, j'ai rencard à neuf heures avec une meuf, je ne veux pas te mettre à la porte, mais…

Martin soupire.

— Ça va, ça va, j'ai compris, je m'en vais.

Oscar le regarde partir, un peu soucieux. Puis il songe à sa nouvelle conquête, à son plan d'attaque pour la séduire et oublie Martin.

Une fois rentré, Martin a à peine refermé la porte que son père l'interpelle :

— Tu es parti comme un fou ! Qu'est-ce qui t'a pris, enfin ?

— J'ai gagné au Loto.

— Combien ?

— Je ne sais pas exactement. Je le saurai demain. Il y avait vingt et un millions de francs en jeu et j'ai eu cinq bons numéros sur sept.

Victor Dujeu siffle.

— Jolie somme ! On peut savoir ce que tu vas en faire ?

— J'en ai une petite idée…

En arrivant le lendemain à l'hôpital, Martin a la désagréable surprise de constater que Célestine n'est plus dans sa chambre ; à sa place se trouve un vieux monsieur vêtu d'un pyjama à rayures bleues. Martin tente alors de retrouver la jeune interne, mais ce n'est pas son jour de garde. Il doit s'adresser à un jeune homme plus pressé et moins sympathique.

— Je suis l'interne de garde. Que voulez-vous ?

— Je cherche une patiente qui était dans la chambre 9.

L'interne consulte des fiches.

— Mme Baudoin ?

— Oui, c'est ça.

— Elle est retournée en réa.

Martin pâlit.

— Vous êtes de la famille ?

— Oui, ment Martin. C'est… c'est ma tante.

— Son état a empiré hier soir, on a dû la remettre sous respiration artificielle.

— Je voudrais la voir, s'il vous plaît.

— Cela va être dur…

— Écoutez, dit Martin, je sais qu'elle n'en a pas pour longtemps. Je suis au courant de son état et reste la seule personne qui compte pour elle. Elle m'attend, elle a besoin de moi. Si... s'il se passe quelque chose et qu'elle...

L'interne regarde sa montre.

— Vous pouvez attendre un peu ?

— Toute la nuit si je sais que je la verrai.

— Vous la verrez.

Il lui faut cette fois revêtir un ensemble stérile : une blouse qu'on lui ferme dans le dos, un pantalon et des chaussons en papier vert, puis une calotte, des gants et un masque.

— Vous voilà équipé, dit l'interne, qui n'est finalement pas si antipathique. Venez. Vous avez droit à cinq minutes. Elle ne peut pas parler, vous communiquerez avec ça.

Il lui tend un bloc-notes et un stylo.

— Merci, dit Martin.

— Allez-y, et rappelez-vous : cinq minutes, pas plus.

Dans la nouvelle chambre de Célestine, trois infirmières s'écartent pour lui laisser un accès au lit et il entend le râle qui lui semble plus fort et plus impressionnant que jamais. Elle a les yeux ouverts et c'est tout ce qu'il peut apercevoir d'elle : deux iris noirs et brillants qui regardent sans cesse à droite et à gauche. Son corps est dissimulé par un appareillage complexe et un amoncellement de tubes. Les yeux de Célestine le trouvent enfin et Martin voit en eux l'angoisse s'estomper, puis la joie scintiller.

— C'est vous, Martin Dujeu ? demande une des infirmières.

— Oui, c'est moi.

— Regardez.

Elle lui tend une feuille de papier. Martin reconnaît l'écriture maladroite, Célestine y a griffonné une dizaine de fois :

où est martin dujeu ? je veux voir martin dujeu

Célestine lève la main lentement pour attraper le bloc-notes et le stylo. Engoncée derrière l'appareil, elle peut à peine voir ce qu'elle écrit.

Il déchiffre :

alors ?

Martin attend que les infirmières se soient éloignées.

— Ça a marché. J'ai gagné beaucoup d'argent, Célestine, grâce à vous.

combien ?

— Trois millions de francs.

t'as eu tout bon ?

— Cinq numéros sur sept.

j'ai fait ce que j'ai pu c'était pas évident je savais bien qu'il y avait un truc qui clochait

— Cet argent, c'est pour vous, Célestine. C'est votre argent. Je voudrais vous le donner.

n'insiste pas ou je vais me fâcher

Décontenancé, Martin ne sait plus quoi dire. Que va-t-il faire de cette somme si Célestine n'en veut pas ?

Elle lui tend le bloc.

ton deuxième vœu ?

Martin a déjà préparé le coup.

— Mes pieds, chuchote-t-il.

qu'est-ce qu'ils ont tes pieds ?

Martin jette un coup d'œil derrière lui. Les infirmières ont disparu. Rapidement, il défait l'un des chaussons de papier, enlève sa chaussette et montre son pied à Célestine.

Il voit les yeux noirs s'écarquiller de surprise. Une main s'avance et touche timidement la peau qui relie les orteils.

— Je voudrais que vous me débarrassiez de mes palmes, dit Martin.

Célestine écrit aussi vite qu'elle le peut.

renversants tes pieds, je fais au mieux mais ça va pas être de la tarte

— Surtout ne vous fatiguez pas.

au point où j'en suis

— Monsieur Dujeu !

Il entend la voix de l'interne.

Martin se penche, tente de trouver une partie de front nu sous l'amas de tuyauterie et l'embrasse à travers son masque.

— À demain, Célestine.

Les yeux noirs se ferment et s'ouvrent doucement.

Martin la quitte, va au vestiaire où il retire son accoutrement.

Avant de remettre ses chaussures, il examine ses pieds nus.

Les palmes n'ont pas bougé.

Alors il se rappelle les paroles d'Oscar et, pour la première fois depuis qu'il a eu les résultats du Loto, il doute.

Le lendemain matin, alors qu'il vient à peine d'ouvrir les yeux, Martin palpe ses pieds. Les palmes sont toujours là. Pauvre Célestine ! Comment lui faire croire que cela a marché ? Elle demandera à voir ses pieds et il ne pourra les lui cacher…

Angoissé, Martin se lève, s'habille et va promener son chien rue de Sèvres devant l'hôpital, tentant de trouver une solution à ce problème. Il lui vient une idée folle : demander à Oscar de rentrer avec lui ni vu ni connu dans la chambre, le cacher sous le lit et montrer à Célestine le pied d'Oscar en le faisant passer pour le sien. Oscar ne voudra jamais. Et si d'aventure il accepte, comment le faire pénétrer dans cet antre stérile et surveillé ?

Martin doit déjeuner chez la mère de son père, Marcelle Dujeu, qui habite près du parc Monceau. Il y retrouvera, comme à l'accoutumée, ses cousins germains, les enfants de son oncle Henri : Quentin, Augustin et Arbella. En arrivant chez sa grand-mère, un bouquet de fleurs à la main, Martin pense encore à ses orteils. Pourquoi diable cela n'a-t-il pas marché ? Peut-être que Célestine, trop affaiblie par sa maladie, ne parvient pas à concentrer suffisamment ses efforts… Ou bien peut-être qu'Oscar avait raison, le tirage du Loto n'était qu'une coïncidence extraordinaire.

Alors il s'efforce d'oublier, s'amuse du nouveau-né de Quentin, chahute avec la jolie Arbella, discute avec sa délicieuse grand-mère, qui ressemble comme deux gouttes d'eau à la vieille dame des *Aventures de Babar*.

Durant le déjeuner, Martin a l'impression que ses pieds le démangent. Il s'excuse pour se rendre dans la salle de bains où il s'enferme. Ses chaussures ôtées, il constate que les palmes sont toujours là. Certes, la peau qui relie ses orteils les uns aux autres le gratte, mais il n'y a là rien de nouveau. Déçu, il remet ses chaussures et retourne dans la salle à manger. Pendant le repas, Martin essaie de sourire, sentant le regard de sa grand-mère posé sur lui. Elle a toujours eu un petit faible pour ce Dujeu-là, aussi hermétique que les autres sont ouverts.

Alors que Martin s'apprête à la quitter, elle lui dit :

— Cela ne va pas fort aujourd'hui…

— J'ai une amie qui est malade.

— Ton père m'a expliqué.

— Je me fais beaucoup de souci pour elle.

Il a envie de se confier à sa grand-mère, si philosophe, si prévenante, mais ne sait comment se lancer, comment parler de pouvoirs, de magie et de sorcellerie, quels mots, quels termes utiliser afin qu'elle ne le prenne pas pour un fou. Mais la femme de Quentin s'installe près d'eux pour donner le biberon et Marcelle Dujeu, extasiée devant ce premier arrière-petit-enfant, ne voit plus rien d'autre. Martin doit se résoudre à quitter l'appartement.

Arrivé chez lui, il trouve une lettre des Éditions Rive Gauche sur son bureau. Roland Argençon demande à le voir et lui propose un rendez-vous pour la fin de la semaine. En temps normal, Martin aurait crié de joie, faisant le tour de sa chambre en brandissant la lettre comme un drapeau victorieux. Aujourd'hui, toute bonne nouvelle est atténuée par l'état de Célestine, et par son angoisse concernant la visite de cet après-midi. Que va-t-il bien pouvoir lui dire à propos de ses pieds ? Il ne peut supporter l'idée de la décevoir, de la voir douter d'elle-même. Ses pieds le démangent encore. Il enlève ses chaussures et frotte longuement la peau rose.

Il est quatre heures. Célestine doit l'attendre, fébrile et agitée. Que faire ? Martin se creuse la cervelle. En désespoir de cause, il appelle l'hôpital et prévient une infirmière du service qu'il ne pourra pas venir cet après-midi.

— C'est préférable, lui répond-elle, Mme Baudoin est épuisée et le médecin songe à interdire toute visite. Elle vous attendait, monsieur Dujeu, je vais lui faire part de votre message. Elle se reposera.

Martin se sent horriblement coupable. La nuit tombe et le jardin de Babylone se vide de ses enfants. Il regarde un feuilleton à la télévision, lit quelques pages d'un roman, tout en frottant machinalement ses orteils. Vers dix-huit heures, en se levant du canapé, il voit une quantité de petites particules rosâtres sur le coussin sombre. Intrigué, il se penche.

Ce sont des morceaux de peau.

Il s'assoit de nouveau et examine ses pieds.

Est-ce son imagination ou la peau entre ses orteils est-elle vraiment devenue plus claire, plus fine, presque diaphane ? Il frotte furieusement une palme entre son gros orteil et le doigt de pied voisin. La démangeaison s'accentue, devient insupportable. Martin persiste en serrant les dents, luttant contre la douleur, grattant de toutes ses forces. Il s'arrête, souffle, puis scrute de nouveau la palme. Pas de doute possible : la peau qu'il a grattée s'est affinée au point de devenir translucide. Il recommence au même endroit, gratte, racle, et un relent insoutenable émane de cette peau qui se désagrège, s'effrite. C'est une odeur de brûlé, de quelque chose qui se consume, et qui s'accentue à mesure que Martin frotte, lui montant à la tête, lui donnant la nausée, mais il s'acharne malgré la douleur qui lui arrache des gémissements involontaires.

Sidéré, Martin voit qu'il ne reste rien de la palme. Ses deux orteils séparés ressemblent miraculeusement à des orteils normaux. Encouragé, Martin ose s'attaquer aux autres palmes. De temps en temps, il s'arrête, épuisé, écœuré par l'odeur de cette chair qui s'émiette, les yeux remplis de larmes de souffrance. Germinal suit la scène d'un air peureux.

Au bout d'une heure qui lui semble une éternité, entouré de fragments de tégument, Martin vient à bout des sept autres palmes et contemple ses nouveaux pieds, des pieds qui ressemblent enfin à des pieds, dont plus personne ne se moquera jamais. Il peut à peine se mettre debout, est incapable d'enfiler chaussettes et chaussures tant la douleur est vive. Martin va chercher l'aspirateur en titubant, nettoie les peaux mortes, puis essuie les quelques traces de sang. Maintenant, il peut aller voir Célestine et lui montrer triomphalement ses pieds !

Mais un petit doute le tenaille. Célestine est-elle vraiment responsable de la disparition des palmes ? Martin n'avait jamais tenté de les gratter auparavant, de les frotter sauvagement comme il vient de le faire. Si d'aventure il s'y était ingénié plus tôt, serait-il parvenu à les détruire ? Grâce aux pouvoirs de Célestine, les palmes auraient dû disparaître par enchantement, comme par un coup de baguette magique, sans souffrance, et il lui aurait suffi de contempler ses nouveaux pieds avec bonheur. Les manipulations qu'il vient de s'infliger n'ont rien eu d'enchanteur, ni de magique. N'est-ce pas lui le seul responsable ?

Soudain, Martin entend la clef de son père dans la serrure. Il remet chaussettes et chaussures à toute vitesse, se mordant les lèvres pour ne pas crier. Quand son père entre dans le salon, Martin est debout, un livre à la main, nonchalamment appuyé à l'embrasure d'une fenêtre, son chien à ses pieds.

— Bonsoir, Martin, dit Victor Dujeu en enlevant son loden.

— Bonsoir, père.

— Il y a une drôle d'odeur ici, je trouve !

— Ah ? fait Martin, en se dirigeant tant bien que mal vers sa chambre.

— Tu boites ?

— Mes chaussures sont trop petites.

Martin se réveille avec un poids sur le cœur et ne comprend pas à quoi c'est dû. Ses pieds le font souffrir. Fasciné, il regarde quelques instants ses orteils libérés, les bouge les uns après les autres, les met en éventail, glisse même un crayon entre deux doigts de pied en s'émerveillant.

Il fait froid et maussade, le ciel est d'un gris triste. Martin se lève, en proie à cette mélancolie mystérieuse, puis en apercevant la photo de Kerstin sur sa table de chevet, il se souvient.

Aujourd'hui, c'est le 23 décembre, jour de la mort de sa mère. Ce soir, il ira avec son père rue Casimir-Périer, à la basilique Sainte-Clotilde, allumer un cierge et penser à Kerstin.

Comme tous les matins depuis qu'il l'a trouvé, Martin épingle le petit lion d'or sur son pull. Puis il se rend à l'hôpital lentement, ayant du mal à marcher tant ses pieds le lancent. Il s'habitue au nouvel agencement de ses orteils, les sentant évoluer de façon inédite : se chevauchant, se croisant, empiétant les uns sur les autres, séparés et non plus soudés à l'intérieur de ses chaussures.

En arrivant à l'hôpital, Martin a retrouvé un semblant de sourire, de bonne humeur. Mais lorsqu'il voit le visage de Célestine qu'il n'a pas contemplé depuis deux jours, sa joie s'envole aussi vite qu'elle est venue.

Célestine est pâle comme un linge, et on sent la mort rôder autour d'elle, tapie derrière le lit de fer à guetter le dernier râle, le dernier souffle, l'ultime effort d'un thorax infesté par le mal. Ses narines sont pincées, sa carnation livide, sa figure semble s'être creusée de l'intérieur, n'offrant au regard que les pointes affûtées des pommettes, l'arête tranchante du nez, le triangle effilé du menton. Les yeux fermés palpitent dans des orbites devenues trop grandes, la bouche réduite à une flétrissure ressemble à une ligne de fil barbelé tordue par la douleur.

Cette fois, c'est le professeur Gaubert lui-même qui accompagne Martin, suivi d'une escorte respectueuse d'internes, chefs de clinique, externes et infirmières. Le professeur porte un masque et Martin ne voit de lui que deux yeux marron au regard las.

— Il n'y en a plus pour longtemps, mon garçon, lâche-t-il, tandis que Martin regarde à travers la vitre le visage altéré de Célestine.

— C'est-à-dire ?

— Elle ne va peut-être pas passer la nuit.

Martin déglutit, soulagé que son masque empêche toutes les personnes présentes de voir son accablement.

— Vas-y, souffle le professeur. Tu peux rester aussi longtemps que tu le voudras.

Martin ne comprend pas tout de suite les raisons de ce tutoiement, de cette douceur inaccoutumée chez un homme habituellement impassible. Alors qu'il entre dans la chambre de Célestine, le professeur lui prend le bras et lui murmure :

— C'est la dernière fois que tu la vois.

Martin se retourne et lit dans les expressions des gens derrière lui un mélange de pitié, de gêne, et – chose qui le surprend de la part d'un personnel hospitalier qu'il aurait cru plus blasé – une certaine pudeur envers la mort.

Elle écrit lentement, péniblement, et Martin souffre de voir cette main décharnée tracer avec opiniâtreté quelques lettres qu'il parvient à déchiffrer :

tes pieds.

Il s'approche du visage émacié, effrayé par la minceur de la peau qui peine à recouvrir son crâne.

— Je n'ai plus de palmes, Célestine. Ça a marché.

fais voir

L'infirmière qui se trouve à côté à ranger des flacons ne fait aucun commentaire en voyant Martin se déchausser.

Célestine touche ses orteils et sourit, un pauvre sourire tenaillé par la douleur.

c'est bien

— Oui, dit Martin d'une voix tremblante, c'est bien.

tu me crois maintenant

Martin renvoie ses doutes aux oubliettes – ce n'est pas le moment de les exprimer.

— Oui, balbutie-t-il, sentant malgré lui les larmes lui monter aux yeux, luttant de toutes ses forces pour ne pas pleurer devant elle.

Elle lui caresse la joue et il lit sur ses lèvres :

— Pauvre petit, mon pauvre petit, pleure pas va, pleure pas, Martin.

Il fait un effort surhumain et ravale ses sanglots.

le troisième vœu ?

— Il n'y aura pas de troisième vœu, Célestine, vous êtes trop fatiguée.

Elle écrit de plus en plus difficilement.

pour moi pour me faire plaisir fais-le pour moi

Il fixe longuement les yeux noirs, aujourd'hui presque transparents, et n'a pas le courage de refuser. Que peut-il bien lui demander sur son lit de mort ? Il pense tout à coup à Kerstin, à ce 23 décembre où sa mère l'a quitté et à son corps jamais retrouvé.

— Je voudrais savoir si ma mère est encore en vie.

et si elle vivante tu veux savoir où elle est ?

— Oui.

ça va être drôlement dur

— Ne vous fatiguez pas, je vous en supplie…

tu as un truc sur toi qui lui appartenait ?

Martin fouille sous sa blouse en papier et dégrafe le lion d'or.

— Tenez.

Célestine prend la broche dans sa main et la serre fort. Déjà elle a fermé les yeux, avec une attitude sereine, et il sent qu'elle se met au travail.

Longtemps il reste près d'elle, gardant sa main dans la sienne, immobile.

À la fin de la journée, Martin quitte l'hôpital. Une jeune infirmière lui lance : « Joyeux Noël ! » et, comme il la dévisage avec incompréhension, elle ajoute : « C'est demain ! », mais Martin s'enfuit sans lui répondre.

Il aperçoit tout à coup la haute silhouette de son père qui l'attend devant la sortie avec Germinal. Ils se regardent sans un mot, les bras ballants, puis Martin ne peut retenir davantage son chagrin. Victor Dujeu le voit s'accroupir sur le trottoir, replié sur lui-même, offrant son visage aux embrassades de son chien. Victor se baisse, déroule les cent quatre-vingt-dix-huit centimètres de son fils et l'enveloppe de ses bras tremblants.

11

La lettre

Le lendemain matin, Martin reçoit un appel de l'hôpital : Célestine est morte durant la nuit.

— Il y a quelques affaires…, hésite la jeune interne au téléphone.

— Comment ça ?

— Des affaires de Mme Baudoin. Vous les voulez ? Personne ne les réclamera.

Il se rend à l'hôpital. L'interne, qui l'attendait, lui tend un grand sac. Martin jette un coup d'œil à l'intérieur, voit un tas de vêtements froissés, *Le Rêve* et le journal intime.

La jeune femme le regarde d'une façon un peu gênée. Elle se racle la gorge.

— Je dois vous parler au sujet de la dépouille de Mme Baudoin.

— Je vous écoute.

— D'habitude, les corps des sans-domicile fixe qui ne sont pas réclamés par une famille ou des proches sont donnés à la science.

— Cela veut dire quoi ?

— Cela veut dire que les corps servent à la médecine, pour des expériences, des analyses, des prélèvements… Nous-mêmes, jeunes médecins, nous apprenons notre métier grâce à ces corps.

Martin sent sa gorge se serrer.

— Vous voulez dire qu'on va disséquer Célestine ?

Elle évite son regard.

— En quelque sorte, oui.

Martin se dresse, livide.

— Il n'en est pas question ! articule-t-il. Que dois-je faire pour éviter cela ?

— Il faut prendre l'enterrement à votre charge, vous occuper de tout, comme si c'était l'un de vos proches.

— Elle l'était.

Muni des papiers nécessaires, face à un employé des pompes funèbres rue Vaneau, Martin cligne des yeux, étourdi. Célestine est bien morte, mais contrairement à Kerstin qu'on n'a pu inhumer, il reste son enveloppe charnelle et, pour la première fois de sa vie, il lui faut enterrer quelqu'un qu'il aime.

Les questions de l'employé fusent :

— Mise en bière ?

— Oui.

— Cela fait trois cents francs. Soins ?

— Comment cela, soins ?

— Eh bien, la toilette du mort, si vous préférez.

— D'accord.

— Quatre cents francs. Quel genre de cercueil ?

— Ce que vous avez de mieux.

— De plus cher ?

— Non, de plus beau.

— C'est la même chose.

— Alors de plus cher.

— Quelle taille ?

— Elle mesurait pas loin d'un mètre quatre-vingts.

— Ils se tassent un peu, surtout quand ils ont été malades longtemps. On vérifiera quand même. Cercueil capitonné ?

— Oui.

— Vingt-cinq mille francs. Vous avez une préférence pour la couleur du capiton ?

— Non.

— Des poignées ?

— Oui.

— Quatre cents francs. Une croix ?

— Oui.

— Trois cents francs. Service religieux ou civil ?

— Je ne comprends pas.

— La défunte était-elle croyante ? Baptisée ?

— Je n'en suis pas sûr.

— Optez pour le service civil, monsieur, il vaut mieux si vous ne savez pas. Du coup j'enlève la croix, cela fait moins trois cents francs, et ça vous fait cinq cents francs de culte en moins. Maître de cérémonie, démarches, frais divers, vacation de police, mille cinq cents francs. Le transport vous coûtera deux mille francs. Cela comprend le corbillard et les porteurs. Et l'enterrement sera où ?

— Au cimetière du Montparnasse.

— Des fleurs ? Des couronnes ?

— Non.

L'homme regarde Martin.

— Vous savez, c'est cher, monsieur, le cimetière du Montparnasse. C'est dur d'obtenir une place, faut avoir un caveau là-bas, ou beaucoup d'argent.

— J'ai de quoi payer.

— Excusez-moi, mais vous avez l'air si jeune…

— J'ai tout l'argent qu'il faut.

— Si vous avez de quoi payer, vous aurez une place. Reprenons. La tombe : semelle béton ? Jeu de dalles ? Gravure ?

— Je veux une tombe simple. Pas de marbre. Pas de granit. Avec ceci écrit dessus.

Il tend à l'homme une feuille de papier.

— Bien. Voici votre devis. Vous signez ici. Et vous passerez me régler après.

— Non, je préfère payer maintenant, parce que je ne souhaite pas revenir ici.

Il sort de sa poche une épaisse liasse de billets. Les yeux de l'employé s'arrondissent comme des billes. Martin compte l'argent, et le pose sur la table. Il ne peut s'empêcher de sourire devant l'expression de l'homme.

— J'ai gagné au Loto, dit Martin.

— Ah, fait l'autre, hypnotisé par les billets.

— Signez-moi un reçu, s'il vous plaît.

L'homme s'exécute, fébrile.

— Monsieur Dujeu, dit-il d'une voix obséquieuse, si vous souhaitez que je m'occupe d'obtenir une place au cimetière du Montparnasse… Je connais bien le directeur.

— Pouvez-vous aussi vous charger de la mairie ?

— Vous savez, je n'ai pas beaucoup de temps…

Martin caresse négligemment un billet de deux cents francs et l'homme se met à loucher vers l'argent.

— Ce serait gentil de votre part. J'apprécierais infiniment…

Il pose le billet sur le bureau.

La main du croque-mort le saisit, rapide comme l'éclair.

— Je m'occupe de tout, monsieur Dujeu, et je vous téléphone ce soir. Nous opterons pour un service civil et une inhumation demain après-midi.

Il se précipite pour ouvrir la porte vitrée à Martin.

Martin sort rue Vaneau, heureux d'être à l'air libre, dégoûté par ce commerce de la mort, mais il préfère cela que d'imaginer Célestine jetée en pâture à des étudiants en médecine.

Il rentre rue de Babylone. Chez lui, il déballe le sac, déplie les vêtements imprégnés de l'odeur forte et aigre de Célestine, et les range dans un coin de sa chambre, songeant que la scène a un air de déjà-vu. Il trouve le petit lion emballé dans un sac en plastique étiqueté : BAUDOIN CHAMBRE 3 SALLE BOISSARD, le sort et l'épingle à son sweat-shirt.

Le journal de Célestine n'a pas avancé depuis qu'il l'a lu. Tandis qu'il s'apprête à le ranger, une enveloppe cachetée s'en échappe et atterrit sur le sol. Il la ramasse.

C'est une enveloppe de l'Assistance publique. Son nom est tracé dessus, d'une écriture soignée et féminine qu'il ne reconnaît pas :

Pour Martin Dujeu

Intrigué, il s'empresse de l'ouvrir.

À l'intérieur, il y a une feuille et une carte. Il lit la carte en premier.

Cher Martin Dujeu,

Je m'appelle Charlotte et je suis l'infirmière qui était de garde lors des derniers moments de Mme Baudoin. Elle m'a demandé d'écrire cette lettre. Elle était très fatiguée et ce fut long et difficile pour elle de la dicter car elle n'avait plus de voix. Mais j'ai quand même pu comprendre ce qu'elle me chuchotait, et voici donc cette ultime lettre, pour vous. Vous comptiez tellement pour elle, visiblement. Je me permets de vous adresser toutes mes condoléances.

Sincèrement,

Charlotte Martin

Ému, Martin déplie la feuille, recouverte de la même sage écriture, très lisible. Il s'assied sur son lit, prend une grande inspiration.

Mon garçon,

Mon heure est venue, mon petit. Y a rien à faire. Cette gentille infirmière écrit ces derniers mots pour moi. Elle est douce et patiente. J'ai bien de la chance de finir ma route avec elle à mes côtés. Mon Martin. Mon soleil. T'as cru en moi, la pauvre cloche alcoolo que plus personne ne voyait. T'es le petit magicien qui a redonné des couleurs à ma vie merdique. Je ne t'oublierai jamais. Même si demain matin on va me foutre dans un tiroir de la morgue de l'hosto avec la tronche toute raide et bleue, eh bien je serai encore là pour toi. Je serai toujours là, tout autour de toi. Tu verras. Prends ton envol, mon Martin. Cette vie qui t'appartient, prends-la à bras-le-corps. Déploie tes ailes. N'aie pas peur. Avance. Va chercher les réponses.

Ta mère, elle est là où il n'y a pas de bruit.

Adieu.

Célestine qui t'aime
comme si elle t'avait tricoté.

Martin essuie les quelques larmes qui coulent sous ses lunettes. La tristesse lui serre le cœur et l'oblige à rester quelques instants le visage enfoui entre ses mains. Puis il se reprend.

Là où il n'y a pas de bruit.

Qu'a-t-elle voulu dire ?

Malgré lui, il imagine un lieu magique, silencieux, mystérieux, peuplé de fantômes, un endroit secret où la quintessence de Célestine a peut-être trouvé sa dernière demeure. Est-ce là aussi que vit l'esprit de sa mère ?

Roland Argençon voit un géant entrer dans son bureau et courber sa tête platine afin que son front ne se fracasse pas contre le chambranle de la porte. Il aperçoit un nez busqué, une bouche à la sensibilité enfantine, puis d'épaisses lunettes qui camouflent un regard bleu.

Martin s'assied en face d'un homme élégant qui doit approcher de la soixantaine, à la chevelure argentée et aux yeux intelligents.

Alors que Roland Argençon entrouvre les lèvres pour parler, Martin l'interrompt en levant la main.

— Monsieur Argençon, je dois vous dire quelque chose de très important.

— Allez-y, je vous en prie.

Les mains de Martin se nouent sur le bureau et Roland Argençon contemple les doigts interminables qui s'entremêlent tels de longs morceaux de ficelle.

— Célestine est morte.

L'immense front de l'intellectuel se plisse.

— Célestine ?

— Titine. Titine du Bac.

— Mon Dieu…

— Elle est morte le 24. Elle a été enterrée hier.

— De quoi est-elle morte ?

— Elle était très malade.

— C'est elle qui m'a donné votre manuscrit.

— Je sais.

— J'aimais beaucoup Titine. Ce que vous me dites est très triste.

— Je voulais vous le dire parce que…

Silence.

— Continuez.

Les articulations des doigts de Martin sont blanches tant il serre les poings.

— Je ne me remets pas de sa mort.

— Vous étiez proches ?

— J'ai l'impression d'avoir perdu un des miens, et c'est pour cela que…

Martin s'interrompt à nouveau.

Roland Argençon le laisse se ressaisir, touché par sa détresse.

Martin pose ses mains à plat sur le bureau.

— Je ne peux plus écrire.

Roland Argençon cligne des yeux.

— Pourquoi ?

— Depuis qu'elle est morte, je n'ai plus envie d'écrire une ligne.

— Vous êtes en deuil, Martin. Vous souffrez. Cela va revenir.

— Non, je ne crois pas.

Roland Argençon se lève, contourne le bureau et se poste devant la fenêtre qui donne sur la rue des Canettes.

— Martin, je vais être franc avec vous. Votre roman est exceptionnel.

Surpris, Martin redresse la tête.

Roland Argençon, à contre-jour, a le visage dans l'ombre.

— « Exceptionnel » est un terme qu'on utilise rarement lorsqu'il s'agit d'un premier roman. Un premier roman est souvent maladroit, narcissique et habituellement autobiographique. Le vôtre est si surprenant que j'ai voulu en savoir plus. Qu'est-ce qui vous a poussé à l'écrire ?

— J'ai voulu intriguer et divertir. C'est tout.

— Pourquoi Zola ?

— Parce qu'il est à mes yeux le plus extraordinaire de tous les romanciers. Parce que j'aurais aimé le rencontrer. Parce qu'il m'inspire. Parce qu'on l'a injustement relégué à des lectures scolaires.

Roland Argençon se rassied.

— Je comprends votre peine et votre tristesse. Je suis triste aussi pour elle. Elle me parlait souvent de vous, vous lui avez apporté le bonheur qu'elle avait attendu toute sa vie. Vous étiez un peu son fils.

Les mains de Martin se tordent à nouveau.

— Vous devez finir ce livre, Martin, prenez le temps que vous voulez, mais terminez-le. Faites-le pour Célestine, faites-le pour vous, parce que vous avez du talent.

— Et si je le finis ?

— Si vous le terminez, nous allons le publier. Tel qu'il est, nous ne pouvons pas. Il manque la fin. Et le titre.

Perdu dans ses pensées, Martin regarde par la fenêtre. Roland Argençon voit se former au-dessus de sa tête les rêves d'un futur jeune écrivain, la joie incrédule d'être publié, de tenir entre ses mains son premier roman, de contempler ses propres mots sur des pages imprimées et de se voir en librairie, parmi les grands.

— Faites-le pour Célestine, souffle Roland Argençon. Faites-le pour elle.

Martin se redresse.

— Donnez-moi mon manuscrit, s'il vous plaît.

Roland Argençon le lui tend.

Martin se lève avec une nouvelle vitalité.

— Je vous ferai signe dès que j'aurai fini.

Il pivote sur ses talons et sort du bureau.

Roland Argençon sourit, saisit le combiné de son téléphone et pianote un numéro.

— Ça y est, annonce-t-il triomphalement. Je crois bien qu'on tient l'oiseau rare.

Martin se remet à écrire, pour Célestine, et passe le plus clair de son temps à terminer le roman, puis à corriger et retravailler le manuscrit. Écrivant jusque tard dans la nuit, il parvient tant bien que mal à ignorer la fatigue qui le tourmente durant la journée.

Martin ne pense plus qu'à ce livre. Son père le voit se retrancher dans ses anciennes réticences, fuyant toute conversation, tout échange, et ne comprend pas comment ils ont pu perdre leur si mince terrain d'entente. Il fait une ou deux tentatives puis, agacé, laisse Martin à son apathie. Sa nouvelle maîtresse a le mérite de lui faire oublier ses soucis paternels. Oscar, quant à lui, respecte la solitude de son ami, étant le seul à savoir pourquoi il s'isole ainsi.

Un jour, en rentrant chez lui en bus, Martin remarque une affiche placardée aux quatre coins de la capitale, superbe photographie représentant une immense dune de sable doré sculptée par le vent, se dressant sur un fond de ciel bleu roi. La beauté du paysage, la limpidité du ciel et la pureté des formes de la dune sont à couper le souffle. Au bas de l'affiche se trouvent les mots qui ont attiré l'œil de Martin : « Là où il n'y a pas de bruit. »

Quelques jours plus tard, Martin repère une nouvelle affiche du même esprit. Il s'agit cette fois d'un bâtiment de style oriental recouvert d'un crépi ocre, devant lequel s'étend une belle piscine verte au pourtour pavé d'un damier noir et blanc. La terrasse de la piscine est vide, à part quelques confortables transats et des tables garnies de bols de fruits et de boissons. Une impression de calme et de quiétude émane de cet endroit exotique. Martin lit : « Ici il n'y a toujours pas de bruit » et note le logo d'une agence de voyages.

Il regarde longuement l'affiche, intrigué. Pendant quelques instants, il se pose des questions, réfléchit, doute. Puis il hausse les épaules et continue son chemin.

L'ultime affiche de cette campagne publicitaire l'accueille le samedi suivant alors qu'il se rend chez son ophtalmologiste.

La dune dorée et la bâtisse ocre sont réunies sur le même panneau, où l'on lit cette fois : « Ouarzazate en berbère, cela veut dire "là où il n'y a pas de bruit". Ici le soleil est roi et le silence est d'or. 5 600 francs la semaine tout compris. MarocTours. »

Après son rendez-vous, Martin va directement dans une agence de voyages pour prendre le catalogue de MarocTours, puis rentre rue de Babylone. Pendant une heure, il détaille les prix, compare les hôtels, étudie les possibilités de départ et passe quelques coups de téléphone.

Puis il appelle Oscar, le priant d'une voix assez autoritaire de venir chez lui sur-le-champ.

12

« Là où il n'y a pas de bruit »

Oscar le regarde, stupéfait.
— Tu veux que je parte avec toi à Ouarzazate ?
— Oui.
— C'est où ?
— Au Maroc.
— Où au Maroc ?
— Vers le sud.
— Et tu me paies le voyage ?
— Oui.
— Je rêve !
— Pas du tout.
— Tu m'emmènes en vacances, quoi.
Martin sourit.
— Voilà.
— Tu nous offres ça avec l'argent du Loto ?
— Exactement.
— Et nous partons quand ?
— Demain matin.
— Pour combien de temps ?
— Dix jours.
— Et ton père ?

— Quoi, mon père ?

— Il vient avec nous ?

— Ça va pas, non ! C'est toi que j'emmène en vacances, pas mon père.

Oscar reste indécis.

— Dujeu, on n'est pas en vacances, enfin ! Mi-janvier, il n'y a pas de congés, que je sache. Il faut attendre février.

— Impossible. Je ne peux pas attendre.

— Mais pourquoi ?

— C'est maintenant ou jamais. Tu viens avec moi, oui ou non ?

— Mais…

— Oui ou non ?

Oscar feuillette le catalogue, rêve quelques instants devant les images dépaysantes et les noms exotiques : « Petite ville aride à la beauté sauvage, située aux portes du désert : la route du Grand Sud, la vallée du Drâa, Zagora, les gorges du Dadès et du Todra, les palmeraies, les ksours, les casbahs, les souks, ne résistez pas à l'appel de Ouarzazate ! »

— Oui, je viens !

— Rentre chez toi, prépare ta valise et invente une histoire crédible à raconter à tes parents. Je t'apporterai ton billet tout à l'heure.

— C'est super romantique tout ça, dommage que je ne sois pas une meuf. T'es sûr que tu ne vas pas me sauter dessus à hôtel ?

— Nous ferons chambre à part, si cela te rassure.

— Je suis un peu rassuré mais encore perplexe… Je suis certain que tu me caches un truc.

— Allez, mon vieux, dépêche-toi, j'ai beaucoup de choses à préparer.

— Et ton clebs ? Qui va s'en occuper ?

— Ma cousine Arbella.

— Et ton roman, tu l'as fini ?

Martin le pousse vers la porte.

— Arrête de poser des questions, occupe-toi de tes oignons et va faire ta valise.

— Et qu'est-ce que tu vas dire à ton père ? et à ton lycée ? Ils vont tous être dingues…

— Dégage !

Martin écrit trois lettres : une à la machine pour le proviseur de son lycée, qu'il poste ; une autre pour Roland Argençon, qu'il dépose rue des Canettes avec le manuscrit ; puis une dernière à la main, pour son père, laissée sur la table de la cuisine, sachant que ce dernier, parti pour le week-end, ne la lira pas avant lundi soir.

Monsieur le Proviseur,

Lorsque vous aurez reçu cette lettre, lundi matin, je serai déjà loin. En effet, j'ai dû m'absenter pour un événement familial d'une importance capitale, et cela pour plus d'une semaine. J'espère que vous ne m'en tiendrez pas rigueur, mais le caractère exceptionnel et urgent de cette affaire ne me permet pas de rester à Paris plus longtemps. Il y a des moments dans une existence où il faut savoir réagir, s'engager, et je pense avoir été jusqu'ici la victime consentante d'une hibernation néfaste dont il me faut m'extirper.

Respectueusement,

Martin Dujeu

Cher Monsieur Argençon,

Voici le manuscrit.

J'espère que le titre vous plaira, et que vous aimerez la fin. Je pars quelques jours et serai de retour dans un peu plus d'une semaine.

Respectueusement,

Martin Dujeu

Cher père,

Je suis parti pour quelques jours. Ne t'inquiète pas, je reviendrai, ce n'est pas une fugue. Je dois simplement avoir le cœur net concernant une affaire de la plus haute importance. Arbella viendra s'occuper de Germinal les après-midi et Mme Leclerc le promènera tous les matins. J'ai écrit à mon proviseur afin de l'informer de mon départ pour cause d'événement familial, mais je pense qu'il t'appellera pour vérifier le motif de mon absence. Je sais que c'est beaucoup te demander, mais j'apprécierais infiniment que tu lui dises que je suis effectivement parti pour une affaire de famille. D'ailleurs, c'est pratiquement la vérité. Je te promets de tout t'expliquer dès mon retour, dans dix jours.

Ton fils Martin

Lundi à vingt heures, en rentrant du bureau et d'un week-end fort agréable avec Estelle, Victor Dujeu tombe sur sa jolie nièce Arbella dans l'escalier, tenant Germinal en laisse.

— Tiens, qu'est-ce que tu fais là ?

Arbella rougit, n'osant le regarder dans les yeux.

— Eh bien, je promène Germinal…

— Martin ne s'occupe plus de son chien ?

Arbella regarde sa montre.

— Je dois vraiment y aller, oncle Victor, on m'attend. Germinal dort chez nous, je le ramène demain matin. Salut !

Elle se hisse sur la pointe de ses ballerines pour atteindre la joue de son oncle, y dépose un rapide baiser, puis s'enfuit. Médusé, Victor la regarde dévaler l'escalier de ses longues jambes, ses cheveux châtains flottant derrière elle, suivie du beagle enthousiaste. Puis il reprend ses esprits et pénètre dans l'appartement.

— Martin !

Pas de réponse.

— Martin ?

Silence.

Il jette un coup d'œil dans la cuisine déserte, sans remarquer la lettre en évidence sur la table.

Victor emprunte le couloir interminable pour se rendre dans la chambre de son fils. Celle-ci est vide. Il y reste un instant, regarde les livres, les photos et les objets, puis gagne le salon. Le répondeur est branché. Trois messages l'attendent.

Une première voix, grave et légèrement inquiétante :

— Ici monsieur Rabagny, proviseur du lycée Fraguier. Il est quatorze heures trente, lundi. Je voudrais parler à maître Victor Dujeu concernant son fils Martin. Merci de me rappeler le plus rapidement possible.

Deuxième voix, un homme inconnu :

— Bonsoir, ce message est pour Martin Dujeu. Peut-il rappeler les Éditions Rive Gauche dès son retour ? Cela concerne son contrat, c'est urgent. Merci !

Troisième voix, une femme :

— Bonjour, Victor, Marguerite Duval à l'appareil, lundi dix-huit heures. Est-ce qu'Oscar serait chez vous par hasard ? Il a disparu depuis hier soir. Rappelez-moi s'il vous plaît, merci, à bientôt !

Martin dort au soleil, fatigué par les six heures de vol, l'escale à Fès, l'altitude (on leur a précisé que Ouarzazate se trouvait dans le Haut-Atlas) et l'excitation du voyage.

Oscar, déjà en maillot alors que Martin a conservé son jean, en est à son deuxième thé à la menthe. Caché derrière ses lunettes noires, il étudie comme à son habitude les différents spécimens de la gent féminine rassemblés autour de la piscine à l'eau de jade, se demandant sur laquelle il va bien pouvoir jeter son dévolu. Au fond à gauche, une grande perche masse le dos de son compagnon, dont il n'aperçoit que le crâne glabre et rougi par les rayons meurtriers du soleil à son zénith. Trop maigre, se dit Oscar. À côté, il repère une jeune femme à la jolie silhouette, dont le maillot une pièce noir met en valeur les courbes harmonieuses. Mais lorsque Oscar la voit se retourner pour embrasser d'un air gourmand l'épaule de l'homme allongé près d'elle, il pense : Trop amoureuse, et se détourne. Un peu plus loin, une dame à la peau cuivrée (trop vieille !) fait la leçon à une jeune fille, penaude, dont Oscar ne détaille qu'un profil agréable et un catogan brun. Pour couper court à cette scène pénible, elle se lève et va piquer une tête dans la piscine. En ressortant de l'eau, elle passe devant lui. Trop grosse, songe Oscar. Une adolescente qui ne doit pas avoir plus de quinze ans attire son regard. Oscar lorgne de longues jambes graciles, une taille de guêpe, et un visage de gamine parsemé de taches de rousseur. Dans quelques années, selon le spécialiste, elle sera à point. Exquise. Une merveille. Trop jeune, soupire Oscar.

Martin, lui, dort toujours, son visage blanc rosissant au soleil. Oscar place le parasol de telle sorte qu'il protège la tête de son ami, et commande un nouveau thé.

Une maigre, une grosse, une maquée, une vieille, une trop verte… Pas génial, ronchonne Oscar. Il s'ébroue en regardant l'hôtel derrière eux, aussi beau que sur la publicité, construit pour ressembler à une casbah de pisé rose, dont les chambres respirent le luxe et le raffinement. Il se demande pour la dixième fois pourquoi Martin a choisi de l'emmener ici. Il pense aussi, avec un certain malaise, à la réaction de ses parents lorsqu'il sera de retour à Paris. Que va-t-il bien pouvoir leur raconter ?

Une voix douce le fait sursauter :

— Excusez-moi, vous êtes monsieur Dujeu ?

Oscar voit tout d'abord deux yeux noirs ourlés de khôl, puis une chevelure d'ébène teintée de henné. Il admire ensuite une silhouette élancée drapée d'une djellaba céladon.

— Non, balbutie-t-il, sous le charme d'un sourire aux dents éclatantes dans un visage à la peau sombre.

La jeune femme regarde vers Martin.

— C'est lui, M. Dujeu ?

— Oui.

— Alors vous, vous êtes monsieur…

Elle consulte une fiche.

— Vous êtes monsieur Duval, c'est ça ?

Oscar hoche la tête.

— Je m'appelle Amina. Je suis votre guide.

— Guide ? répète Oscar.

— Oui, je m'occupe de vous pendant la durée de votre séjour. Je travaille pour la compagnie MarocTours.

Martin s'est réveillé.

— Bonjour, lui dit Amina en lui adressant son sourire lumineux.

— Enchanté, fait Martin, ébloui.

— C'est notre guide ! gazouille Oscar. On a un guide pour nous !

— Il n'y a pas que vous ! rectifie Amina gentiment.

— Ah bon ? fait Oscar, désolé.

— Mais vous n'êtes pas nombreux à cette époque de l'année. Je n'ai que six clients cette semaine, ce qui est peu, comparé à une trentaine en pleine saison.

— On en a de la chance ! chante Oscar.

— Je tiens à vous préciser que vous n'êtes pas obligés de suivre mes excursions, vous pouvez faire ce que vous voulez.

— Nous serons ravis de vous accompagner, dit Oscar avec ardeur.

— Voici le programme élaboré pour vous.

Elle tend à chacun un dépliant.

— Vous parlez très bien français, remarque Martin.

— J'ai fait mes études à Paris.

— Vous avez fait quoi comme études ?

— Un BTS tourisme, puis un cursus d'anglais, d'allemand et d'espagnol. En ce moment j'apprends l'italien.

— Vous êtes guide depuis combien de temps ?

— Deux ans.

Oscar trouve que Martin pose trop de questions et lui vole la vedette, comportement inhabituel chez lui.

— Vous avez l'air bien jeune pour avoir déjà fait tout cela, s'empresse de dire Oscar.

— Au lieu de parler de moi, ce qui n'est pas intéressant, me permettez-vous d'expliquer le programme ?

— Bien sûr ! fait Oscar, piqué.

Martin sourit discrètement.

— Nous proposons des excursions à la journée ou des randonnées d'une demi-journée. Si une excursion vous intéresse, vous me le faites savoir la veille au soir, afin que je m'organise avec le chauffeur du minibus et les restaurants où nous déjeunerons. À la fin de votre séjour, les excursions que vous aurez effectuées seront ajoutées à vos frais. Voici ma carte, n'oubliez pas, vous devrez me téléphoner à ce numéro tous les soirs pour me donner votre réponse concernant le lendemain.

— Amina Agoujil, accompagnatrice, lit Oscar à haute voix.

— Aujourd'hui, c'est quoi le programme ? demande Martin.

— Repos ! Vous venez d'arriver, vous êtes un peu fatigués. Demain, la première excursion commence à huit heures trente. Nous prenons la route du col de Tizi-n'Tichka, qui franchit le Haut-Atlas, et qui est magnifique. Nous déjeunerons à deux mille trois cents mètres d'altitude puis nous rentrerons par le ksar d'Aït Benhaddou, là où ont été tournées quelques scènes de *Lawrence d'Arabie*. C'est superbe. Cela vous tente ?

— Oui, murmure Martin, qui ne peut détacher ses yeux de la jeune fille brune.

— Et comment ! s'exclame Oscar.

— Téléphonez-moi ce soir pour me le confirmer. *Ouakha ?* Ça signifie « d'accord » en arabe.

— *Ouakha,* répondent-ils en chœur.

Elle s'éloigne, laissant derrière elle un effluve d'ambre épicé.

— C'est moi qui l'ai vue en premier ! jappe Oscar. Elle est à moi !

Il pense que Martin va s'effacer avec son indifférence coutumière, laissant la proie au prédateur.

Mais Martin se dresse.

— Comment ça, elle est à toi ?

— Mon vieux, toi, tu pionçais, je l'ai vue avant, donc c'est moi qui attaque. Ça fait une heure que je mate les nanas, y en a pas une qui soit bonne. Toutes des boudins ! Alors la seule qui soit canon, t'es gentil, tu me la laisses.

— Je ne suis pas d'accord.

— Depuis quand tu t'intéresses aux meufs, toi ?

Martin a alors un geste étrange et nouveau : il enlève ses lunettes et offre son visage nu au soleil, tout en souriant.

Pour la première fois de sa vie, avec une certaine stupéfaction, Oscar constate que Martin Dujeu est beau.

— OK… On va lui laisser le choix, à notre favorite. Elle dira celui qu'elle préfère. *Ouakha,* Duval ?

13

Une affaire de famille

— Pourquoi tu regardes sans cesse à droite et à gauche depuis qu'on est arrivés ici ? Qu'est-ce que tu cherches, enfin ?

Martin pique du nez dans son tajine.

— Mais rien, marmonne-t-il.

— C'est ça, rien ! s'exclame Oscar, sarcastique.

Martin passe à la pastilla, qu'il avale sans rien dire.

Oscar le regarde, bras croisés, l'œil sombre.

— Je commence à comprendre pourquoi tu rends ton père dingue. Tu es passé maître dans l'art du mutisme.

Oscar ne mange pas, il observe autour de lui. La salle à manger de l'hôtel se remplit petit à petit pour le dîner. Oscar reconnaît la grande maigre et son compagnon chauve, la nymphette et son petit frère, la vieille dame qui continue à enguirlander la brune boulotte. Quant à l'amoureuse au maillot noir, elle n'est pas encore descendue. Elle ne le fera peut-être pas, d'ailleurs, songe Oscar, elle a certainement commandé un dîner romantique dans sa chambre. Et Amina ? Oscar soupire. Martin et lui se sont presque battus à sept heures, au moment de l'appeler. Cela ne leur était jamais arrivé. Finalement, avant de faire couler le sang, ils sont parvenus à trouver un compromis en parlant chacun avec elle, à tour de rôle, pour lui dire la même chose : qu'ils participeront bien à l'excursion du lendemain.

— Elle a dû nous prendre pour deux cons, marmonne Oscar, furieux.

L'arrivée d'un groupe folklorique les fait sursauter. Quatre femmes ventripotentes vêtues de costumes bariolés se mettent à chanter à tue-tête, scandant leurs roucoulements par des mouvements lascifs, accompagnées de tambours, violons, luths et timbales. Toute conversation s'avère dès lors impossible. Oscar, réduit au silence, se résout à attaquer son dîner. Au bout d'une demi-heure interminable, le groupe s'en va, non sans avoir soulagé les personnes présentes de quelques dirhams. Oscar s'apprête à questionner Martin lorsqu'une autre musique, encore plus puissante, se fait entendre.

Il s'agit cette fois d'un air provenant du film *Saturday Night Fever*. Une boule à facettes descend du plafond en tournant sur elle-même, réfléchissant dans la pièce une multitude de points lumineux. Une ombre apparaît au fond de la scène, enroulée dans une étoffe noire. La créature mystérieuse avance, pénètre dans la lumière et jette sa cape d'un geste théâtral. L'assistance découvre une femme brune vêtue d'un minuscule bikini incrusté de fausses pierres précieuses. Elle se met à danser, imitant les déhanchements de John Travolta, une expression concentrée sur son visage trop fardé.

Oscar et Martin, incapables de se retenir, éclatent de rire devant le spectacle de cette femme ondulante à moitié nue. Martin en oublie même sa préoccupation essentielle, la raison pour laquelle il est venu ici, s'adonnant à cette liesse inattendue avec l'acharnement de quelqu'un qui n'a pas ri depuis longtemps.

Il en est arrivé au stade où il n'ose plus mettre en doute les pouvoirs de Célestine. Depuis qu'il a posé le pied sur le sol marocain, il ne cesse de réfléchir à la façon dont il va retrouver sa mère. Il faut aller de l'avant, passer Ouarzazate au peigne fin, chercher, enquêter, s'entêter, s'épuiser, puis, en fonction du résultat, il saura bien quelle conclusion tirer, quelle attitude adopter. Pour le moment, il n'y a pas une minute à perdre. Mettre Oscar dans la confidence ? Il y a songé, mais cela lui paraît impossible : il se doute qu'Oscar ne le croira pas, le traitera de fou, même s'il lui montre ses pieds dépalmés. Qui pourrait bien l'aider ?

Il a tout à coup une révélation. Amina. C'est l'aide et le soutien d'Amina qu'il lui faut. Elle ne sait rien de lui, n'a aucun jugement a priori ; il pourra ainsi lui expliquer son histoire, la lui raconter en version intégrale sans craindre de paraître ridicule. Elle connaît par cœur son pays, cette ville, cette région, cette langue, c'est avec elle qu'il pourra retrouver sa mère. Elle et personne d'autre.

À huit heures trente, Amina attend ses six passagers pour la randonnée du lundi. Elle sait par expérience que la première excursion de la semaine a beaucoup de succès. En général, tous ses clients répondent présents, comme ce matin. Mais au fur et à mesure du séjour, ces touristes venus de France par MarocTours se désistent petit à petit, osent à peine l'appeler pour dire qu'ils ne viendront pas le lendemain, et la dernière excursion de la semaine, qui les emmène en trente minutes d'avion à Marrakech, destination pourtant alléchante, a peu de candidats.

Au début, Amina se sentait blessée par ce manque d'intérêt, puis elle en a pris son parti, se rendant compte que la plupart des gens viennent ici pour se reposer, pour bronzer, oublier leur fatigue et leurs soucis. Les excursions sont souvent éreintantes, totalisant plus de quatre cents kilomètres de route en une seule journée.

Le chauffeur derrière son volant, ses six passagers installés dans le minibus aux couleurs de MarocTours, Amina fait l'appel :

— M. Dujeu et M. Duval ?

— Présents ! répondent-ils d'une voix.

Martin la trouve encore plus belle ce matin. Son élégant tailleur en lin beige laisse voir les jambes fines que la djellaba verte lui avait dissimulées. Ses longs cheveux noirs sont retenus par un bandeau et elle semble légèrement maquillée d'un trait de khôl sur les yeux et d'un soupçon de rouge à lèvres.

— Mme Bazin et Mlle Lucchini ?

Martin reconnaît la vieille dame grognon et la brune au catogan.

— Et enfin M. et Mme Clément ?

Il s'agit d'un couple d'une trentaine d'années dont la femme est enceinte. Oscar les a aperçus le soir précédent au dîner.

— Nous sommes tous là, sourit Amina. Nous pouvons y aller. En route !

Le minibus démarre.

Martin, plongé dans ses pensées, remarque à peine que Ouarzazate semble être une ville en pleine expansion. Les routes ont été refaites, sentant encore l'asphalte frais, et de multiples hôtels s'érigent çà et là.

— Ouarzazate, avec ses huit mille habitants, est en passe de devenir une infrastructure touristique majeure, explique Amina, c'est pour cela que vous voyez tant d'hôtels en construction. Les autorités ont le projet de désengorger Marrakech et de guider les touristes vers le Sud.

En contemplant cette ville de garnison sans grand charme, ces avenues droites bordées de maisons cubiques, Martin songe à ce qui aurait pu attirer Kerstin Dujeu en ce lieu aux antipodes de sa Scandinavie natale. Fille du Nord, du froid, d'un pays qui ne compte l'hiver que quatre heures de soleil par jour, que serait-elle venue chercher dans ces provinces arides à la luminosité aveuglante ? Que ferait donc au royaume du Prophète une descendante des Vikings ?

Vers deux heures, après la visite de Télouet, dernière demeure du pacha de Marrakech, Amina s'est fait une idée du caractère et de la personnalité de ses clients, comme chaque semaine, lorsqu'elle héritait d'une nouvelle fournée de personnages.

Mme Bazin semble être une « emmerdeuse » selon sa dame de compagnie, Mlle Bénédicte Lucchini. Rien n'est assez bien pour la septuagénaire ; les sièges du minibus inconfortables, la vue du col gâchée par un vent effroyable, les brochettes de chez Didi immangeables, et la route tourne trop, cela lui donne mal au cœur. Mlle Lucchini, impuissante, encaisse ces doléances sans un mot.

Cependant, Amina a l'habitude de ce genre de personnage. Pendant la visite de Télouet, elle s'est consacrée presque entièrement à la vieille dame, l'éblouissant de son sourire, la charmant par ses anecdotes concernant l'ancien palais du Glaoui, qui rendit là son dernier soupir, dans les hauteurs les plus élevées du Maroc. Amina lui donne soixante-dix ans, mais elle en a peut-être davantage, car son visage a été lifté (le vent décoiffant du sommet de Tizi'-n'Tichka a exposé deux cicatrices roses derrière ses oreilles), ses cheveux blancs dissimulés sous une teinture roussâtre et elle marche avec difficulté, s'appuyant au bras d'Amina et de Mlle Lucchini.

Qu'est venue chercher Mme Bazin ici ? Elle est visiblement riche et doit beaucoup s'embêter. En questionnant discrètement Bénédicte Lucchini, Amina apprend qu'elles font plusieurs voyages par an, dans des pays exotiques ; toute destination qui peut emmener la vieille dame loin de la rue de Magdebourg dans le XVIe arrondissement et des parties de bridge qui l'ennuient à mourir.

— Nous avons tout fait, chuchote Bénédicte à l'oreille d'Amina. Elle est infatigable. L'année dernière c'était l'Égypte, à Pâques l'île Maurice, l'année d'avant le Sierra Leone. Au printemps, elle veut aller à Hawaii. Mais d'ici-là, j'aurai donné ma démission.

— Et M. Bazin ? demande Amina.

— Pensez-vous ! M. Bazin est mort il y a longtemps !

Oscar amuse Amina parce qu'il tente de la séduire. Elle en a l'habitude. Elle trouve cela moins gênant quand il s'agit d'un jeune célibataire que de la part d'un homme marié dont l'épouse fait partie du voyage – maintes fois elle a dû remettre à sa place un quinquagénaire aux mains baladeuses lors de la visite d'une casbah ou d'une promenade dans un souk bondé. Oscar sait divertir avec sa gouaille et sa désinvolture. C'est drôle de l'écouter, de discuter avec lui. Elle respecte une règle stricte à laquelle elle ne déroge jamais : interdiction de flirter avec un client. Le directeur de MarocTours à Ouarzazate, Mustafa Sefrani, est intraitable sur ce point. Lorsque Amina s'est présentée à l'entretien d'embauche, il a failli ne pas l'engager tant elle est belle. Elle lui a vite prouvé son professionnalisme, le nombre de langues qu'elle parle couramment, ainsi que son excellent niveau de culture générale.

Oscar Duval ne l'amuse pas autant que Martin Dujeu l'intrigue. Ce jeune homme immense qui n'a pas ouvert la bouche de tout le trajet, même pas devant la beauté d'Aït Benhaddou, château bistre de terre et de roseaux aux tours crénelées, où elle a l'habitude de voir tous les touristes s'extasier, ne trouve pas sa place dans la typologie classique de sa clientèle. Que fait-il ici, et que recherche-t-il ? Elle a remarqué sa façon bizarre de regarder alentour, surtout à l'approche de cars de touristes, ou lorsqu'ils croisent d'autres groupes durant leurs visites. Le Maroc et ses charmes n'ont aucun attrait pour lui. Elle aurait pu en parlant d'Aït Benhaddou raconter que le ksar avait été construit par Gustave Eiffel, elle est persuadée que le jeune homme n'aurait pas bronché. Il n'écoute pas, ne voit rien. Il est ailleurs, et cherche autre chose. Elle masque son mécontentement, car elle aime qu'on admire son pays. Avec quelqu'un comme Martin Dujeu, elle ne fait que perdre son temps.

À la fin de la journée, lorsqu'ils arrivent fourbus devant l'hôtel et que tout le monde la remercie pour cette randonnée, elle voit que Martin se tient à l'écart, comme s'il attendait pour lui parler, tandis qu'Oscar discute joyeusement avec Bénédicte.

— Je voulais vous remercier, dit Martin.

Amina sourit ironiquement.

— Je vous l'ai dit, vous n'êtes pas obligé de suivre les excursions si cela ne vous intéresse pas.

Il rougit.

— Cela m'intéresse…

— Allons, monsieur Dujeu, je vous taquinais. Bonne soirée !

Elle fait mine de partir.

— Attendez ! crie presque Martin.

— Oui ?

— J'ai besoin de vous parler.

— Allez-y, je vous écoute.

— Pas ici. Est-ce que je peux vous voir tout à l'heure ?

Amina fronce les sourcils.

— Monsieur Dujeu, je suis désolée, mais je n'ai pas l'habitude de voir les clients en dehors des heures de travail.

— Ce n'est pas ce que vous pensez, dit Martin. J'ai besoin de votre aide.

— Comment cela ?

— C'est une histoire compliquée, je ne peux pas vous la raconter maintenant. Mais je sais que vous allez pouvoir m'aider. Vous êtes la seule qui puisse le faire.

Amina réfléchit. Il a l'air sincère.

— Je vais au hammam à dix-huit heures. Vous savez où c'est ?

— Non, mais je trouverai.

— Je vous attendrai devant à dix-huit heures trente.

Le sourire de Martin Dujeu, qu'elle n'a pas encore vu, est si beau qu'elle a l'impression de recevoir un rayon de soleil en pleine figure.

— Merci, murmure-t-il en lui serrant le poignet, puis il s'en va.

Elle le regarde partir, haute silhouette aux jambes interminables, et se demande d'où lui est venu ce trouble lorsqu'il lui a souri.

Lundi soir, après avoir écouté le répondeur et découvert la lettre de Martin sur la table de la cuisine, Victor Dujeu sort en trombe de l'appartement, remonte dans sa voiture et effectue en un temps record le trajet jusqu'à la rue Lecourbe. Son frère Henri le voit arriver hirsute et rougeaud, les narines palpitantes d'agitation.

— Où est ta fille ? gronde Victor.

Henri Dujeu, qui n'est au courant de rien, regarde son frère.

— Elle n'est pas encore arrivée. Je l'attends. Que se passe-t-il ?

Victor Dujeu enlève son écharpe d'un geste rageur.

— Attendons-la et tu sauras.

Arbella fait son apparition quelques minutes plus tard avec le beagle. Elle aperçoit son oncle dans le salon et devient très pâle.

— Arbella, attaque Victor de sa « voix du Palais de justice » comme dit Mathilde, qui écoute derrière la porte, dis-moi où est mon fils.

Arbella contemple le parquet, muette, son joli visage plissé d'anxiété.

— Allons, ma fille, grommelle Henri. Si tu sais quelque chose, il vaut mieux le dire. Martin a foutu le camp ? demande-t-il à son frère en aparté.

— Je ne sais pas où est Martin, murmure Arbella.

— Comment ça, tu ne sais pas où il est ? Il t'a bien chargée de garder son chien ? Tu dois bien savoir quelque chose, non ?

Arbella affronte le regard terrible de son oncle.

— Il ne m'a pas précisé où il allait.

— Qu'est-ce qu'il t'a dit exactement ?

— Il m'a dit qu'il partait pour dix jours, loin, et il m'a demandé de m'occuper de Germinal.

— Rien d'autre ? insiste Victor Dujeu. Tu ne lui as pas posé de questions ?

— Si, mais il n'a pas voulu me répondre. Il m'a dit qu'il m'expliquerait plus tard. C'est tout, mon oncle, je le jure !

Victor Dujeu remet son écharpe. En ouvrant la porte d'entrée, il se retourne.

— Une dernière chose, Arbella. Est-ce qu'il t'a dit qu'il s'agissait d'une affaire de famille ?

Le visage d'Arbella s'éclaire.

— Oui, il a dit ça, oncle Victor, c'est ça qu'il m'a dit ! Je m'en souviens maintenant.

Victor et Henri Dujeu se regardent, sans un mot.

— Une affaire de famille ? répète Mathilde, qui a fini par quitter sa cachette. Mais enfin, Victor, qu'est-ce que c'est que cette histoire de fou ?

14

La belle Amina

— J'ai une ouverture avec la Bénédicte, glousse Oscar devant sa glace.

— Je croyais que tu la trouvais moche.

— Pas tant que ça, elle a un gros cul, c'est tout.

— Tu vas te la faire ?

— Évidemment ! Y a rien d'autre de baisable, dans ton hôtel de luxe. Tant qu'on y est, tu pourrais peut-être me dire pourquoi on est ici. J'en ai marre de tes mystères.

— Tu le sauras. Pour l'instant, occupe-toi de ta soirée et garde un peu de testostérone pour les conquêtes suivantes.

— J'imagine que tu parles d'Amina…

Martin, qui se dirige vers la porte pour se rendre au rendez-vous du hammam, se retourne et fixe Oscar droit dans les yeux.

— Non, je ne parle pas d'Amina. Tu n'auras pas Amina.

— Quoi ?

— Tu m'as bien entendu, mais je vais répéter : tu n'auras pas Amina.

Oscar devient rouge de rage.

— Pauvre con ! Pour qui tu te prends ? T'as jamais fait jouir une meuf de ta vie ! Retourne à tes bouquins de merde !

Imperturbable, Martin sourit.

— Je suis sûr qu'au lit, tes prouesses sont aussi limitées que ton langage, et je suis prêt à parier que ce que tu prends pour de la jouissance n'est que pure simulation. Bonsoir.

Il sort de la pièce prestement.

Déambulant à travers les rues de Ouarzazate à la recherche du hammam, Martin se rend compte à quel point il ne passe pas inaperçu. Sa taille, la pâleur de son teint et de ses cheveux fascinent les Marocains. Les enfants, interloqués, en oublient même leur rengaine proférée à l'égard des touristes. Pas un n'ose lui demander un dirham, ils se contentent de le suivre, médusés, essaim silencieux dont il ne peut se défaire. Il aime bien les enfants, mais ceux-là ont peur de lui. Il tente de leur parler ; ils ne lui répondent pas, intimidés. Alors il leur donne un paquet de chewing-gum trouvé dans sa poche, et c'est la joie.

Vêtue d'une djellaba blanche qui met en valeur son teint sombre, Amina sort du hammam. Elle voit Martin entouré d'un troupeau d'enfants, surplombant les passants de plus d'une tête.

Légèrement inquiète, elle regarde autour d'elle. Ouarzazate est une petite ville, tout le monde se connaît, et Amina jouit d'une réputation honorable, qu'elle ne souhaite pas ternir. À vingt-trois ans, on ne lui connaît aucun fiancé. On dit d'elle que c'est une fille sérieuse, trop peut-être, dévouée à son travail. On n'a pas l'habitude de la voir en compagnie d'un homme. Ainsi, quand elle rejoint Martin, des regards surpris se posent sur elle. Que fait Amina Agoujil avec ce grand jeune homme ?

Sentant ces regards sur elle, Amina se couvre de la capuche de sa djellaba.

— Venez avec moi, vite, chuchote-t-elle à Martin.

Elle marche rapidement.

— Qu'est-ce qu'il y a ?

— Les gens nous regardent, voilà tout.

— Vous avez honte d'être vue avec moi ?

Elle s'esclaffe.

— Pas du tout ! Mais mon patron, M. Sefrani, est sévère pour ce genre de chose. S'il me voit avec vous, je risque de perdre ma place.

— Où voulez-vous que nous allions ?

— Prendre un thé au restaurant La Gazelle. Il n'est pas loin de votre hôtel, et c'est près de chez moi. J'habite la casbah de Taourirt, sur la route de Tineghir. Vous l'apercevez de votre hôtel.

— Oui, je vois, dit Martin, qui n'a rien vu.

— Nous devons la visiter, cela fait partie d'une des excursions, avec le souk de Ouarzazate. La chambre de la favorite est une merveille. Beaucoup de cigognes ont fait leur nid dans les tours.

— Ah.

— Cela a l'air de vous passionner, monsieur Dujeu.

— Malgré ce que vous pensez, cela m'intéresse beaucoup. Simplement, je me trouve dans un état d'esprit si particulier que j'ai du mal à tenir compte de ce qui se passe autour de moi.

— Vous allez me raconter cela.

Un enfant s'approche d'eux, main tendue.

— Un dirham ! Donne-moi un dirham, monsieur !

Amina siffle quelques mots entre ses dents, pas méchamment, comme on chasse un moustique.

L'enfant s'enfuit.

— Qu'est-ce que vous lui avez dit ?

— De nous laisser tranquilles. Voilà, nous approchons de la casbah.

Au loin, Martin voit une multitude de fenêtres allumées et la masse sombre du village fortifié sculpté à flanc de colline. La nuit commence à tomber, le ciel devient d'un bleu foncé et velouté, quelques étoiles brillent çà et là. Des enfants passent en courant, des groupes de femmes dévisagent le couple. Tous se hâtent pour rentrer chez eux. Quelquefois, on salue Amina, pourtant masquée par sa capuche, et elle hoche la tête, murmure quelques paroles en pressant le pas.

Martin aimerait que cette promenade à la tombée de la nuit se prolonge, qu'il puisse arpenter les quatre coins de la ville aux côtés de cette femme. Comme elle est belle avec son profil pur et ses longs cils noirs. Son parfum ambré l'enivre.

— Venez, lui dit Amina, en se dirigeant vers une ruelle étroite, venez par ici et faites attention aux marches.

Martin, ne voyant aucune marche, s'avance dans l'obscurité naissante, bute contre quelque chose, et tombe lourdement.

— Monsieur Dujeu, ça va ? Vous vous êtes fait mal ?

Il distingue à peine sa silhouette.

— Ça va. S'il vous plaît, arrêtez de m'appeler monsieur Dujeu. J'ai l'impression que vous parlez à mon père.

— Comment dois-je vous appeler, alors ?

Il détecte une note d'humour dans sa voix.

— Martin.

— Ne bougez pas, je viens vous chercher.

Il sent une main chaude se glisser dans la sienne.

— C'est vrai qu'il fait sombre dans ce coin. Moi, j'ai l'habitude. Mais ne vous inquiétez pas, je ne vous abandonne plus.

Oubliant sa cheville douloureuse, Martin serre cette main qu'il aimerait porter à ses lèvres.

Dans la chambre de Martin, Victor Dujeu s'installe au bureau de son fils et inspire profondément.

Il pense à l'entretien qu'il a eu avec M. Rabagny, le proviseur du lycée.

— Votre fils est un mystère, maître Dujeu. Assez discipliné, pas chahuteur pour un sou, mais à part la philosophie, où il se révèle particulièrement brillant, les autres disciplines ne l'intéressent guère. C'est un cas étrange, votre fils. Je tenais à vous voir parce que son absence subite m'a semblé bizarre, et je voulais m'assurer que vous étiez au courant.

— Je vous en remercie. Pouvez-vous me donner la lettre dont vous me parliez ?

— Celle qu'il m'a envoyée ? Bien sûr. Tenez.

— Je vais tenter au plus vite de percer ce mystère.

— Est-il véritablement parti pour une affaire de famille ?

— Je ne sais pas pourquoi il est parti, monsieur Rabagny. Je dois maintenant le retrouver.

Victor Dujeu se rendit ensuite chez Marguerite Duval, qui l'attendait rue de Vaugirard les larmes aux yeux.

— Ah, Victor, j'ai peur pour nos petits ! Où sont-ils ? Que sont-ils allés faire ? Doit-on prévenir la police ?

— Non, pas du tout. Ne vous inquiétez pas, Marguerite, je les retrouverai. Dites-moi ce qu'Oscar vous a dit avant de partir. Cela m'aidera peut-être.

Marguerite tamponnait ses yeux bouffis d'un mouchoir en papier imbibé d'eau de rose.

— Il m'a dit qu'il partait voir une fille.

— Une fille ?

— C'est ce qu'il a prétendu. Vous savez, Oscar aime se donner une réputation de tombeur. C'est l'âge, que voulez-vous. Je pensais qu'il découcherait dimanche soir et qu'il rentrerait le lendemain. Puis, ne le voyant pas arriver lundi, je me suis inquiétée, et je vous ai appelé. J'ai pensé qu'il était avec Martin. Ce n'est pas son genre de partir comme cela, il a dû subir l'influence de Martin. Il admire beaucoup votre fils, vous savez, Victor.

Une petite voix de pipelette s'éleva :

— C'est vrai ! fit Delphine Duval. Il m'a souvent dit que Martin Dujeu deviendrait un écrivain célèbre.

Victor finit par téléphoner aux Éditions Rive Gauche, et on le passa de poste en poste avant qu'il tombe sur un certain Roland Argençon dont la préciosité l'agaça.

— Vous êtes le père de Martin Dujeu ?

— Oui.

— Ah, merveilleux, vous allez pouvoir me dire où est votre fils !

— Je n'en ai aucune idée, monsieur ! Je ne sais pas où se trouve Martin. J'ai eu un message de votre part sur le répondeur et je vous appelle avec l'espoir que vous allez pouvoir m'éclairer.

Silence au bout du fil.

— Ah, fit Roland Argençon, prudent.

— De quel contrat parlez-vous dans votre message ?

— Celui qui concerne son roman.

— Quel roman ?

Silence de nouveau.

— Vous ne savez pas que votre fils a écrit un roman et que nous allons le publier ?

— Non, répondit Victor Dujeu, énervé.

Silence gêné.

— Vous ne vivez peut-être pas ensemble…

— Mon fils vous a-t-il informé de son départ ? coupa Victor Dujeu, en ignorant ce dernier commentaire.

— Il m'a envoyé son manuscrit, comme convenu, avec un mot disant qu'il s'absentait pour une dizaine de jours.

— C'est tout ?

— Oui, c'est tout.

— Il ne vous a pas dit où il allait ?

— Point du tout.

— Pourquoi avez-vous laissé ce message ?

— Parce que nous sommes prêts à publier ce livre et que nous avons besoin de sa signature rapidement.

— Je le lui dirai, lorsque je l'aurai retrouvé, dit Victor Dujeu avant de raccrocher.

Assis au bureau de son fils, la tête entre les mains, Victor réfléchit. Il pense à ce roman mystérieux qui va être publié. Il donnerait cher pour tenir entre ses mains le livre de son fils. Voilà donc le secret de Martin, la raison pour laquelle il s'enfermait des heures dans sa chambre. Le bruit de la machine qui crépitait, ce n'étaient pas ses dissertations qu'il tapait, mais un manuscrit.

Tout à coup, la voix de Kerstin lui revient à la mémoire, aussi claire et proche que si elle était là : « Tu vois, Victor Dujeu, cette petite chose-là, dans mes bras, eh bien cela va devenir quelqu'un d'admirable, dont on sera fiers, toi et moi. » Il l'avait traitée de mère gâteuse. Martin pleurait sur son sein, larve affamée de quelques jours. Kerstin avait toujours été fière de son fils, elle qui l'avait si peu connu. Et aujourd'hui, pour la première fois de sa vie, Victor est fier aussi, incroyablement fier de ce fils dont il sait si peu.

Il pose ses mains sur le bureau de Martin. C'est là que Martin a écrit ce livre en secret, seul.

La surface du bureau est dépouillée et lisse, elle sent l'encaustique. Victor regarde les six tiroirs. Il en ouvre un et trouve deux paires de lunettes. Celui du dessous est vide, à part quelques trombones et une gomme. Un autre contient du papier et des enveloppes, deux autres sont bourrés de stylos, ciseaux, colle, scotch et cartes postales. Certaines datent de l'enfance de Martin. Victor lit, assez amusé, une carte qu'il a envoyée à son fils pour ses sept ans, alors qu'il était à New York pour motif professionnel.

Il trouve ce qu'il cherchait dans le dernier tiroir, fermé à clef. Il lui a suffi de forcer la serrure, l'affaire de quelques minutes. À l'intérieur, un catalogue de la compagnie MarocTours, ouvert à une page concernant la ville de Ouarzazate. Martin a coché l'hôtel Safir, le plus luxueux, semble-t-il.

Catalogue à la main, Victor se précipite dans le salon et saisit le téléphone.

— Safir Ouarzazate, bonjour ?

— Bonjour, est-ce que M. Martin Dujeu se trouve bien chez vous ?

— Un instant s'il vous plaît.

Grésillement de la communication.

— Oui, mais il est sorti.

— Et M. Oscar Duval, est-il là ?

— Il n'est pas là non plus. Voulez-vous laisser un message ?

— Non, ce n'est pas la peine. Au revoir.

Victor Dujeu raccroche puis appelle sa secrétaire.

— Agnès, qu'est-ce que j'ai demain matin ? Ah. Oui. Et demain après-midi ? Je vois. Bon, vous annulez, débrouillez-vous, cela va être difficile, mais faites au mieux. Vous me prenez un billet avec retour open pour Ouarzazate, au Maroc. Je dois partir dès que possible. Vous me réservez une chambre à l'hôtel Safir pour une nuit. Et si on vous cuisine, vous dites que c'est une affaire de famille. Cela concerne Martin. Je vous appelle une fois sur place. Je pense être de retour dans deux jours, mais je vous le ferai savoir. Merci, Agnès.

Il raccroche et retourne dans la chambre de son fils.

— À nous deux, Martin, dit-il à voix haute, en rangeant le catalogue dans le tiroir.

Ils montent une série de marches, se tenant toujours par la main.

— Nous y voilà, dit Amina.

Ils parviennent à une place éclairée, où Martin voit briller l'enseigne d'un restaurant.

— Votre patron ne va pas vous tomber dessus s'il nous voit ensemble ici ?

— Mais non, c'est chez moi. Le chef de ce restaurant me loue mon appartement. C'est un de mes meilleurs amis. M. Sefrani ne viendrait jamais s'aventurer par ici !

Elle lâche sa main. Il aurait voulu la garder, mais se sent trop timide pour la retenir. Il ne peut que la suivre tandis qu'elle entre dans le restaurant.

Celui-ci est bondé, principalement par un groupe d'Espagnols bruyants qui parlent et rient fort. Ils ont envahi toutes les pièces, même les petits salons où Amina avait prévu d'emmener Martin. Elle échange quelques mots en arabe avec un des garçons de service, qui hausse les épaules d'un air désolé.

Déconcertée, elle reste quelques instants sans rien dire.

— Il y a un problème ? demande Martin.

— Ces Espagnols sont là pour longtemps.

— Et alors ?

— Alors, vous vouliez me parler, non ?

— Oui.

— Ces gens-là font la fête toute la nuit. On ne pourra pas avoir une table tranquille. Je ne sais pas où vous emmener.

— Allons au Safir, suggère Martin.

— Vous n'y pensez pas ! Le personnel le répéterait à M. Sefrani.

— Vous en avez une sainte terreur, de ce M. Sefrani.

— C'est mon directeur, monsieur Duj… pardon, Martin. Je ne peux pas risquer de perdre ce travail.

— Je comprends, excusez-moi.

Les Espagnols sont montés d'un cran dans l'hilarité et tapent sur la table en s'égosillant.

Amina empoigne le bras de Martin.

— Oh, tant pis ! s'exclame-t-elle. Venez avec moi.

— Mais où ?

— Chez moi, voyons !

— Chez vous ? murmure Martin, transi.

Ils quittent le restaurant. Amina tourne à droite, à droite encore, puis gravit un escalier. En haut se trouve une petite porte. Elle sort une clef de sa poche et ouvre.

— Entrez, dit-elle à Martin, je vous fais du thé et puis vous allez me raconter comment je peux vous aider. Entrez donc ! Et enlevez vos chaussures.

Peu d'hommes ont pénétré dans ce petit appartement ; plus rares encore ceux qui y ont passé une nuit. Amina n'a aimé qu'une fois, et de façon platonique, un Français rencontré à Paris lors de ses études. Il est venu la retrouver quelques jours à Ouarzazate, lorsqu'elle a commencé à travailler, puis son amour pour lui s'est estompé avec le temps et l'éloignement. Par la suite, elle a eu une histoire avec un garçon du coin, qui l'a initiée à l'amour et qu'elle a failli épouser, mais au bout du compte, elle a préféré sa solitude et l'a quitté.

Ses parents habitent Fès ; elle les voit rarement. Fille cadette d'une fratrie de huit enfants, elle possède une indépendance et un goût de la liberté précoces. Certes la solitude lui pèse, parfois. Lorsqu'elle rentre fatiguée de ses excursions, après un dîner sommaire à La Gazelle (en général un bol de harira et quelques fruits), et qu'elle monte dans son petit appartement qui surplombe la ville du sommet de la casbah, elle sent un vide s'emparer d'elle. Elle n'aime pas penser à son avenir, n'arrive pas à croire qu'elle passera le restant de sa vie à Ouarzazate, faisant consciencieusement son métier pour un maigre salaire, se liant d'amitié avec des gens qui repartent chez eux au bout de dix jours et qu'elle ne reverra plus jamais. Il lui arrive aussi de penser à ses sœurs, Latifa, Fatima et Khadidja, mariées et mères de plusieurs enfants, à Fès et à Marrakech. Est-ce celui-là, le chemin qu'elle aurait dû prendre ? On lui demande souvent pourquoi elle n'est pas mariée. L'âme sœur ne s'est pas présentée, pourtant Amina ne manque pas de soupirants. Elle sait qu'elle est jolie, elle le lit dans le regard de ces Occidentaux qui viennent passer des vacances à l'hôtel Safir ; elle devine autant leur convoitise que la jalousie dans les yeux de leurs épouses. Elle n'est pas vaniteuse. Elle accepte sa beauté aussi docilement qu'elle aurait accepté d'être quelconque, et il lui arrive de se demander s'il n'aurait pas mieux valu être moins jolie afin de connaître le vrai bonheur.

Amina n'attend en vérité qu'une chose, à laquelle elle ne croit pourtant qu'à moitié : qu'un jour elle puisse retourner là-bas, à Paris, dans cette ville qui l'a toujours fascinée. C'est là qu'elle veut vivre. Elle aime son pays, la pureté de l'Atlas, les palmeraies fertiles et foisonnantes, les riches senteurs épicées des souks, mais c'est à Paris, dans les gaz d'échappement, les embouteillages et la grisaille, qu'elle veut habiter. Elle aurait pu déjà tout quitter, plaquer MarocTours et M. Sefrani depuis longtemps, prendre l'avion pour la France, mais elle n'ose pas : Paris l'impressionne et elle se sent plus en sécurité dans l'âpreté de la hamada que lâchée sur les Champs-Élysées.

Martin Dujeu, debout dans le salon, semble remplir la pièce tant il est grand. Il regarde par la fenêtre, guettant à travers les treillis du moucharabieh les lumières de la ville qui scintillent.

Amina pose le plateau avec le thé sur la petite table basse.

— C'est prêt, dit-elle.

Il se retourne.

— Venez vous asseoir.

Il se retrouve en face d'elle, observant ses mains brunes verser le thé rituellement, la théière tenue très haute.

— Merci.

— Je vous écoute, dit Amina. En quoi puis-je vous aider ?

Martin boit une gorgée du liquide brûlant et sucré.

— Voilà, commence-t-il en posant son verre. C'est très simple. Je voudrais que vous m'aidiez à retrouver ma mère.

— Votre mère ? Elle est ici ?

— Elle est peut-être ici. Je n'en suis pas sûr. Mais je dois me mettre à sa recherche, et il n'y a que vous pour m'aider.

Amina le regarde sans comprendre.

— Pourquoi votre mère se trouve-t-elle ici ? Elle vous a quitté ?

— Je ne sais pas.

— Vous ne l'avez pas vue depuis longtemps ?

— Seize ans.

— Je ne comprends rien à votre histoire, monsieur Duj... Martin. Rien du tout.

— Je vais vous expliquer.

Mais rien ne vient. Elle le fixe avec incompréhension. Dehors, au loin, on entend les rires et les blagues des Espagnols. Martin cherche ses mots, tourne sa langue dans sa bouche, ne sachant comment se lancer.

Il se lève et marche un peu dans la pièce. Amina l'observe sans rien dire. Puis il se retourne, et s'assoit près d'elle, suffisamment près pour respirer son parfum et l'odeur de ses cheveux. Il ôte ses lunettes et les prunelles bleues se mêlent aux prunelles noires. Longtemps, une éternité leur semble-t-il, ils se dévorent des yeux, retenant leur respiration, le cœur battant, et il suffirait d'un rien pour que Martin penche un peu la tête et l'embrasse, pour qu'Amina avance son visage et que leurs lèvres se rejoignent.

— Regardez-moi bien, dit enfin Martin. Je ressemble comme deux gouttes d'eau à ma mère. Avez-vous vu une femme blonde dont je suis la réplique ?

Amina secoue la tête, troublée par le regard bleu, par le visage si proche.

— Je vais vous raconter mon histoire. Je ne sais pas si vous allez me croire. Après vous me direz si vous pensez pouvoir m'aider.

Il ne remet pas ses lunettes, préférant qu'elle reste pour le moment dans un nuage flou afin qu'elle ne le déconcentre pas, et se lance dans son récit.

15

Conversation avec Mme Bazin

Vers dix heures du soir, Martin s'allonge au bord de la piscine illuminée par quelques projecteurs puissants. Oscar n'était pas dans sa chambre, et il imagine où il doit se trouver : dans celle de Bénédicte Lucchini.

La piscine est déserte. Un serveur vient lui demander s'il désire quelque chose.

— Non merci, murmure Martin.

L'homme s'efface dans la nuit.

Martin contemple l'eau verte zébrée par les reflets de la lune, émaillée d'insectes voltigeant au ras de la surface.

Amina l'a écouté jusqu'au bout de son histoire, le menton sur les genoux, attentive, sérieuse. À la fin, elle s'est levée et a gardé le silence pendant une minute. Il a attendu, inquiet, certain qu'elle allait le traiter de fou, qu'elle rirait de lui, mais elle a alors prononcé ces paroles qu'il ne veut jamais oublier :

— Je trouve votre histoire magique. Ce que vous me dites m'étonne et me touche. Je suis prête à faire ce qui est en mon pouvoir pour vous aider à retrouver votre mère. Je vous le promets.

Il bondit vers elle avec maladresse, car sans ses lunettes il voyait peu, et la saisit dans ses bras. Elle se raidit tandis qu'il se grisait de cette proximité inespérée. Gentiment, mais fermement, elle le repoussa. Embarrassé, il chercha en vain ses lunettes, se cognant partout, jusqu'à ce qu'elle les lui tende, en riant un peu.

— Vous êtes vraiment myope...

De nouveau ce sourire qu'elle trouvait enchanteur.

— Vous venez à l'expédition de demain ? demanda-t-elle pour chasser son trouble.

— Où allons-nous ?

— À Zagora, par la vallée du Drâa. Zagora est le début du désert. Puis nous visiterons une oasis.

— Je viens.

— Et M. Duval ?

— Je pense que M. Duval sera des nôtres.

— Eh bien, nous serons cinq. Mme Bazin et Mlle Lucchini viennent aussi.

Un silence s'installa. De nouveau ils se regardèrent, se perdant dans les yeux l'un de l'autre.

— À demain, monsi... Martin, balbutia Amina, subitement émue.

Martin remit ses lunettes.

— À demain, Amina.

Elle ouvrit la porte, laissant entrer une brise fraîche qui faisait bouger ses cheveux et sa djellaba, et il devina à travers le tissu blanc les contours d'un corps ferme et voluptueux.

Elle lui tendit la main, et il la serra. Le contact de leurs deux épidermes provoqua un léger choc électrique. Amina sursauta, mais ne retira pas sa main. C'est Martin qui lâcha prise, se retournant pour dévaler l'escalier à toute vitesse.

Sur le point de se lever pour regagner sa chambre, Martin entend des bruits de pas derrière lui. Il identifie la silhouette massive et la démarche laborieuse de Mme Bazin. Il se met debout, et elle passe devant lui pour s'écrouler sur un transat, au bord de la piscine illuminée.

— Bonsoir, madame, lui dit-il.

Elle lève la tête vers cette voix qui sort des ténèbres, puis le reconnaît.

— Bonsoir, jeune homme.

Martin s'apprête à partir, lorsqu'il remarque que la vieille dame respire avec difficulté. À la lumière dansante des projecteurs aquatiques, son visage lui paraît congestionné.

Il hésite, puis s'approche d'elle.

— Avez-vous besoin de quelque chose ?

Elle sursaute.

— Pourquoi aurais-je besoin de quelque chose ! réplique-t-elle avec sa mauvaise humeur coutumière. Je veux qu'on me laisse tranquille, voilà tout.

— Pardonnez-moi. Je m'en vais. Bonsoir.

Il se dirige vers l'hôtel.

— Non, attendez ! crie tout à coup la vieille dame d'une voix essoufflée.

Martin s'immobilise.

— Restez avec moi. S'il vous plaît.

Martin s'assoit à côté du transat, avec un regard compatissant pour les mollets et les chevilles gonflés.

Elle halète, la main sur son ample poitrine.

— C'est l'âge, ne vous en faites pas. Cela m'arrive tous les soirs.

— Voulez-vous boire quelque chose ?

— Ça va aller, merci.

Elle le regarde.

— Vous êtes remarquablement bien élevé, pour votre génération. Ce n'est pas le cas de votre compagnon.

Martin sourit.

— Il a d'autres qualités.

La vieille dame respire maintenant de façon plus calme. Martin étudie son profil de vieil hippopotame, sa bouche lippue, son petit front bas.

— Vous êtes déjà venu ici ?

— Non, fait Martin.

— Moi non plus, pourtant j'ai beaucoup voyagé. Cela me plaît, cet endroit.

— Moi aussi.

— Vous, ce qui vous plaît, c'est cette charmante jeune femme.

Martin se sent rougir.

— Qui donc ?

— Ne faites pas l'innocent. Je parle de la guide. Amina.

Martin fixe l'eau émeraude de la piscine.

— Oui, elle me plaît, lâche-t-il à voix basse.

— Et vous lui plaisez aussi.

— Comment le savez-vous ?

L'hippopotame fronce le nez.

— Parce que je suis une vieille créature qui en a vu d'autres.

Martin cligne des yeux, affolé par cette révélation.

— Vous êtes sûre de ce que vous me dites ?

Mais elle recommence à souffler fort, les yeux fermés.

— Mon Dieu, comme je suis fatiguée ! Ce doit être l'altitude. Je veux être en forme pour demain. Elle nous emmène voir une oasis, la petite.

— Voulez-vous que je vous raccompagne à votre chambre ?

— Non, je vais rester là, à me reposer.

— Bonsoir, madame Bazin. À demain.

— Bonsoir, jeune homme. Comment vous appelez-vous déjà ?

— Dujeu.

— Non, votre prénom.

— Martin.

— Bonsoir, Martin. Merci d'être resté avec la vieille emmerdeuse que je suis.

Martin monte dans sa chambre et prend une douche. Vers onze heures, en tirant les rideaux, il jette un coup d'œil dehors. Mme Bazin est toujours allongée sur son transat devant la piscine, les épaules et la tête affaissées. Brièvement, il a pitié de cette femme âgée à l'existence solitaire.

Puis il voit au-dessus des arbres, se dressant sous la lune la casbah d'Amina. Avec un effort, Martin parvient à discerner la minuscule fenêtre de son salon, encore éclairée, accrochée au flanc de la colline comme une petite étoile luminescente.

Que fait Amina à cette heure ? Pense-t-elle à lui, à ce trouble qui les a saisis tous les deux dans l'intimité de son appartement ? Où songe-t-elle à la mission qu'il lui a confiée, à cette femme blonde de quarante ans qui ne se doute pas que son fils a retrouvé sa trace, seize ans après sa disparition ?

Martin s'est levé tôt, réveillé par les gazouillis des oiseaux devant sa fenêtre. Le ciel dégagé annonce une journée ensoleillée, identique à celle d'hier.

Il descend dans la salle à manger, où un opulent buffet est dressé pour le petit déjeuner. Un groupe de Belges vêtus de shorts trop courts, espadrilles et chemises bariolées se goinfrent de crêpes arrosées de miel, spécialité de la maison.

Martin salue le couple Clément.

— Vous faites l'excursion ? lui demande Diane Clément.

— Oui.

— Nous, nous n'y allons pas, je suis un peu fatiguée.

Elle pose une main sur son ventre rond.

— Ah, fait Martin, se demandant comment on peut aimer ce genre de femme, si pâle, sans saveur, à la sage coiffure, aux petits yeux délavés, aux cheveux plats.

Il y en a tant, à Paris. Pourtant, elle n'est pas laide. Mais à ses yeux, elle manque de caractère. Amina a réveillé en lui l'inclination d'un Nordique pour la sensualité du Sud : une attirance pour les peaux mates, les prunelles noires, les chevelures d'ébène.

Alors qu'il déguste son petit déjeuner, Bénédicte Lucchini, marchant comme un zombie, le visage blafard et les yeux rougis, traverse le hall. Elle paraît si affectée qu'il se demande si Oscar n'a pas commis l'irréparable. Celui-ci fait son apparition par la terrasse, sifflotant. Il s'installe en face de Martin, une expression prétentieuse sur son visage rebondi.

— Salut, Dujeu.

— Salut, Duval.

— Bien dormi ?

— Bien dormi.

Martin attaque sa troisième crêpe.

— Tu ne me demandes pas comment j'ai passé la nuit ? dit Oscar.

— Je n'en ai pas besoin.

— Et pourquoi donc ? fait Oscar, piqué au vif.

— Parce que je viens de voir passer ta victime. Elle ne m'a pas donné l'impression d'une fille épanouie.

— Tu mens !

— Pas du tout. Elle avait l'air effondrée.

— Tu rêves ! s'écrie Oscar. Elle n'en pouvait plus de moi, elle était déchaînée, j'ai dû me barrer à six heures du mat' parce que j'ai cru qu'elle allait m'achever. Jamais vu ça...

À la table d'à côté, le couple Clément, en apparence plongé dans les journaux du matin, écoute la conversation avec intérêt. Les oreilles décollées d'Édouard Clément se sont empourprées, tandis que les épaules de son épouse frémissent sous le carré Hermès.

Martin hausse les sourcils.

— À mon avis, elle doit avoir des regrets.

— Ce n'est pas possible, mon vieux. Elle était folle de bonheur. Elle a passé la meilleure nuit de sa vie, j'te dis !

Mais Martin n'écoute plus. Amina vient d'entrer dans la pièce. Elle s'approche des tables et, comme à son habitude, dit bonjour aux uns et aux autres. Lorsqu'elle arrive vers eux, Martin remarque qu'elle a les traits tirés et les yeux mornes.

— Bonjour, murmure-t-elle.

— Nous terminons notre petit déj', et nous sommes à vous ! s'écrie Oscar. Prêts à partir pour Zagora !

Amina regarde Martin et se mord la lèvre.

— Je dois vous annoncer…

— Quoi donc ? dit Martin, posant sa fourchette.

— Mme Bazin…

— Quoi, la vieille emmerdeuse ? gronde Oscar. Qu'est-ce qu'elle veut encore, celle-là ?

— Elle est morte, s'étrangle Amina.

— Morte ? fait Martin.

— La vieille est morte ! éclate Oscar, hilare. Voir Ouarzazate et mourir ! Incroyable !

Il s'arrête net en voyant qu'Amina le fixe d'un air horrifié.

Martin fait signe à la jeune femme de s'asseoir.

— Racontez-moi.

— Elle a été retrouvée morte dans sa chambre, ce matin, par la femme de ménage. Elle est décédée dans son sommeil, d'un arrêt cardiaque.

Martin se souvient de la dernière image qu'il a eue de la vieille dame tandis qu'elle contemplait la piscine, toute seule dans la fraîcheur de la nuit.

— Elle me parlait beaucoup, dit Amina. Encore hier, j'ai pris un thé avec elle, au déjeuner. Je la trouvais sympathique, cette vieille dame…

Elle se tait quelques instants, observe le tapage autour d'eux, l'arrivée d'autres clients pour le repas du matin, souriants et bronzés.

— C'est bizarre, la vie. Quelqu'un meurt, et on pourrait croire que tout va s'arrêter, mais non, tout continue. La plupart de ces gens ne savent pas que quelqu'un est mort cette nuit. Et même s'ils le savaient, cela ne changerait rien. La vie suit son cours.

Elle se lève précipitamment.

— Qu'est-ce qu'il y a ? s'étonne Martin.

— M. Sefrani. Je dois partir. Je vous attends dehors. À tout à l'heure.

Elle file.

Un homme brun d'une cinquantaine d'années, vêtu d'un costume clair, un dossier à la main, se poste devant leur table. Il esquisse quelques courbettes.

— Messieurs Duval et Dujeu ? Je suis Mustafa Sefrani, directeur de MarocTours à Ouarzazate. Je voudrais vous présenter mes excuses pour cet incident épouvantable, en espérant qu'il ne gâchera pas votre séjour.

— Quel incident ? demande Martin.

— La mort de cette Mme Bazin.

— Quoi, c'est de votre faute ? ricane Oscar. C'est vous qui l'avez tuée ?

Mustafa Sefrani le regarde sans comprendre. Puis il poursuit de sa voix mielleuse :

— Vous savez, ce genre d'incident ne m'est jamais arrivé en vingt ans de métier. Je dois maintenant m'occuper du rapatriement du corps et c'est vraiment toute une histoire. Surtout avec cette chaleur ! Encore toutes mes excuses, messieurs. Bonne continuation quand même !

Il s'esquive pour aller parler aux Clément, impatients de connaître l'origine de ces messes basses.

— Quelle horreur, ce type ! marmonne Martin.

— Pauvre vieille, quand même..., dit Oscar.

— Tu étais atroce avec elle. Tu te plaignais qu'elle ne marchait pas assez vite, qu'elle pétait tout le temps et qu'elle emmerdait le monde.

Oscar, un peu honteux, se lève.

— Maintenant je comprends pourquoi tu as vu Bénédicte dans un tel état. Je vais aller lui parler...

C'est ainsi que Martin se retrouve seul ce matin-là à participer à la randonnée d'Amina.

Alors qu'ils arrivent à Zagora et mettent le cap sur le désert, l'avion de Victor Dujeu décolle de Roissy-Charles-de-Gaulle.

Victor Dujeu, depuis la mort de Kerstin, déteste prendre l'avion. Il y est pourtant bien obligé, à cause de son métier, mais il méprise cette époque où tout va si vite, où il faut se rendre d'un endroit à un autre en un temps record. Tandis que l'avion prend de l'altitude, il pense à ce qu'il va dire à son fils. Comment l'aborder ? Comment lui demander des explications sur sa fuite et cette mystérieuse affaire de famille ? Et puis d'abord, quelle famille ? Martin n'a qu'un père, une grand-mère, un oncle, une tante, trois cousins et les deux grands-parents suédois. Kerstin était fille unique. À quelle famille Martin faisait-il allusion ? Pour qui et pour quoi est-il parti aussi vite ? Et pourquoi Ouarzazate ? Victor secoue la tête, perplexe. Quelque part au fond de lui, une sourde rumeur gronde, une chose si incroyable, si démesurée qu'il n'ose pas la laisser s'amplifier. Petit murmure au creux de son oreille, cet infime susurrement l'a pourtant hanté inconsciemment, jour et nuit, depuis seize ans.

Pour chasser son désarroi, il saisit son attaché-case, en extirpe quelques dossiers, et se met au travail.

Tandis que l'avion s'apprête à atterrir à Fès, où il doit prendre un autre vol, il laisse le murmure fou l'accaparer, lui donnant libre cours jusqu'à ce qu'il devienne une interrogation concrète et non plus un doute refoulé.

Et si d'aventure Martin avait retrouvé Kerstin ?

16

Zagora

Au début du trajet, Martin et Amina n'ont pas échangé une parole. Martin admirait le paysage qui se déroulait devant ses yeux, étonné par les couleurs de cette vallée rocheuse dont la terre à la formation particulière, composée de sillons, presque lunaire, paraissait par endroits noire et marron foncé, à d'autres mauve et bleu profond. La route sinueuse montait en boucles que le chauffeur, Ahmed, affrontait avec dextérité.

Amina, qui connaissait le paysage par cœur à force de faire cette route plusieurs fois par mois, était heureuse de pouvoir rester silencieuse. D'habitude, elle devait émailler le trajet d'anecdotes et d'informations et répondre aux questions de ses clients. Attristée par la mort de Mme Bazin, elle n'avait pas envie de parler.

En franchissant le col de Tizi-n-Tinifift, Amina finit par rompre ce silence vieux déjà de quelques heures :

— Voulez-vous faire un arrêt photo ? La vue d'ici est superbe.

— Je n'ai pas d'appareil photo, mais je veux bien faire un arrêt souvenir.

Amina fait signe à Ahmed de stopper et ils descendent du minibus. Deux gamins cachés derrière des rochers, à attendre le passage des touristes, viennent agiter de gros lézards tenus en laisse comme des chiens. Martin leur donne quelques pièces.

Tandis qu'ils contemplent les crêtes blanches de l'Anti-Atlas, Amina dit, parlant fort contre le vent :

— J'ai réfléchi à ce que nous allons faire pour retrouver votre mère.

Malgré le physique agréable de la jeune femme en uniforme qui se trouve devant lui, Victor Dujeu ne parvient pas à maîtriser son exaspération :

— Comment ça, l'avion est en panne ?

— Oui, monsieur, je suis désolée, mais la correspondance d'aujourd'hui avec Ouarzazate est suspendue en raison de problèmes techniques.

— Il est quatre heures de l'après-midi et je dois être à Ouarzazate ce soir. Vous n'allez pas me faire croire que je vais devoir attendre le vol de demain !

— Hélas, monsieur, il n'y a pas d'autre solution. Nous prenons les frais supplémentaires à notre charge et nous prévenons le Safir de votre retard. Bien d'autres passagers sont dans votre cas. Nous allons maintenant procéder à votre transfert à l'hôtel Splendid, où vous passerez la nuit.

Rageant, trépignant d'énervement, Victor Dujeu suit le troupeau de voyageurs qui se dirige vers un car.

— Quelle aventure ! souffle une jeune femme brune à son compagnon.

— Il paraît que c'est sublime, Fès, répond celui-ci.

Ils semblent ravis de cette halte surprise.

En découvrant que quatre superbes mannequins font aussi partie du groupe, Victor Dujeu se sent moins excédé. Hautaine et crispée, la rédactrice mode du magazine pour lequel elles doivent poser peste en américain contre ce contretemps qui risque de compromettre son reportage fashion à Ouarzazate et tente de calmer l'exubérance de ses « filles » comme une institutrice sévère essaie de faire taire des lycéennes indisciplinées.

Fasciné par ces gazelles impertinentes d'un mètre quatre-vingts, Victor Dujeu oublie pour quelques instants sa mission, Martin, l'escale imprévue et sa maîtresse du moment, Estelle. L'une des top models attire son attention ; rousse à la peau laiteuse, elle a repéré son manège, lui adressant des œillades effrontées tout en poussant ses copines du coude.

— Nous pouvons commencer par nous rendre dans tous les hôtels de Ouarzazate. Il y en a une vingtaine. Ce sera fastidieux, mais au moins nous en aurons le cœur net.

Le minibus descend vers Agdz, dans la vallée du Drâa, et le paysage se modifie. La montagne dépouillée, le chaos des pierres éboulées se muent en palmeraies luxuriantes et vertes, parsemées de ksours, citadelles ocre dressant leurs tours ajourées au bord de l'oued tranquille.

— C'est une bonne idée, dit Martin. Mais nous devons nous y mettre dès notre retour. Si ma mère est bien ici, je ne sais pas pour combien de temps elle compte rester. Nous n'avons pas de temps à perdre.

— Avez-vous pensé à chercher au Safir ?

— Oui, bien sûr. Dès que je suis arrivé. L'hôtel n'est pas bien grand, et j'ai pu me rendre compte assez rapidement qu'elle n'y était pas.

Amina ne perd pas ses réflexes professionnels :

— Regardez le ksar de Tamnougalt, là-bas de l'autre côté du fleuve. Il est bien conservé celui-là, ce qui est rare. Beaucoup de ces villages fortifiés sont dans un état pitoyable. Ils fondent comme neige au soleil. Tout s'écroule, tout redevient poussière. C'est construit en pisé, vous savez, en terre crue séchée au soleil. Il suffit d'une pluie un peu forte, et hop, tout s'effondre.

— C'est triste.

— Oui, c'est triste. Voulez-vous des dattes ? On peut en acheter de délicieuses dans cette palmeraie.

Ils quittent à nouveau le minibus pour se perdre dans une extraordinaire fraîcheur verte.

— Tenez, fait Amina en lui donnant un petit panier rempli de dattes. Mais n'en mangez pas trop, car nous déjeunons dans une heure à Zagora.

Zagora ne présente pas grand intérêt, à part d'être la dernière étape avant le désert. Martin s'amuse cependant d'un panneau situé à l'extrémité de la rue principale sur lequel on lit : « Tombouctou : 52 jours de chameau. »

Au cours du déjeuner au restaurant La Rose des Sables, ils commencent à se tutoyer, sans s'en rendre compte. Un groupe de touristes allemands entre, leur guide adresse un signe de la main à Amina.

— Tu le connais ?

— On se connaît tous. Lui, il travaille à l'hôtel Essada, à Ouarzazate. Il s'occupe généralement de groupes allemands.

— Tu peux lui demander s'il a vu ma mère ?

Elle se lève. L'homme observe curieusement Martin pendant qu'Amina lui parle. Il secoue la tête de façon catégorique.

Martin soupire. Il se sent las. La route l'a fatigué et il redoute le retour.

— Tu as l'air triste, dit Amina, assise à nouveau en face de lui.

— Je me demande si j'ai eu raison de venir ici.

— Au moins, tu en auras le cœur net.

— Au moins j'aurai fait ta connaissance.
— Et moi la tienne.
— Tu vas à Paris de temps en temps ?
— Non. J'ai peu de vacances.
— Parce que les touristes sont éternellement en vacances, eux ?
Elle rit.
— C'est ça !
Amina consulte sa montre.
— C'est l'heure de repartir. Aziz nous attend.
— Aziz ?
— Le chef du village de l'oasis.

Le minibus quitte la route principale pour s'engager sur une piste de sable et de pierre. Au fur et à mesure qu'ils progressent vers le Sud, Martin remarque que les peaux deviennent plus sombres, et que tous portent du noir. Les femmes scintillent d'ornements dorés, comme parées pour une fête alors qu'elles vaquent à leurs occupations – fenaison, ramassage du fourrage, soin du bétail –, bébés attachés sur leurs dos, et on n'aperçoit de leurs visages masqués que des yeux curieux suivant le parcours du minibus.

Les riches palmeraies s'évanouissent pour céder la place à une vaste étendue désertique et caillouteuse.

— Regarde, dit Amina. Les premières dunes du désert. L'oasis se trouve juste derrière et la frontière algérienne n'est plus qu'à une quarantaine de kilomètres.

La chaleur s'est intensifiée.

— En plein été, précise Amina, c'est insupportable.

Au loin, Martin distingue deux immenses dunes dorées, pareilles à celles de la publicité, jaunes contre l'azur. Deux chameaux précédés d'un homme en djellaba bleue viennent à leur rencontre. L'homme échange quelques mots avec Amina.

— C'est un « homme bleu », explique-t-elle à Martin. Il fait partie du peuple des Touaregs, les nomades du désert. Il veut savoir si tu désires monter sur son chameau. Ce n'est pas cher.

— Non, je suis fatigué.

L'homme, qui comprend le français, tourisme oblige, hausse les épaules et s'en retourne : il vient d'apercevoir un car qui se profile à l'horizon.

— Partons, dit Amina. L'oasis est à cinq minutes d'ici.

Martin remonte dans le minibus, sonné par la chaleur et le soleil, rêvant de la piscine de l'hôtel. Tout à coup, une tache verte apparaît dans la plaine beige desséchée. Il se dresse pour mieux la voir. À mesure qu'ils s'approchent, la tache grandit, pointillée de palmiers, et Martin voit une silhouette les attendant devant l'oued qu'ils vont devoir traverser à pied sur des pierres inégales. Le minibus s'arrête.

— C'est Aziz, chuchote Amina en descendant. Son père était le chef du village, maintenant c'est lui. Il a six enfants.

Martin observe ce jeune homme qui ne doit pas avoir plus de trente ans, habillé d'une djellaba verte.

— Bienvenue ! crie-t-il. Bienvenue !

Une ribambelle d'enfants, la plupart nus, courent autour de lui en poussant des cris perçants.

— Viens ! dit-il à Martin. Je vais te montrer.

Martin interroge Amina du regard.

— Il va te faire visiter l'oasis. Tu donneras quelques pièces ici et là, surtout à ceux qui font de la poterie. Puis nous prendrons le thé chez Aziz, avec sa mère et sa femme.

— Tu fais cela toutes les semaines ? demande Martin en souriant.

— Oui, fait Amina, qui ne sourit plus, presque toutes les semaines.

— Va te reposer en attendant qu'on revienne. Je peux me débrouiller seul. Après, nous irons prendre le thé ensemble.

— Merci !

Elle s'assoit au bord de l'oued, à l'ombre d'un grand palmier avec Ahmed, le chauffeur.

Martin emboîte le pas à Aziz, suivi des enfants. On lui montre les femmes qui confectionnent le pain (il en goûte un peu, le trouve bon), les ateliers et les fours où l'on fabrique des poteries destinées au souk de Zagora, d'autres femmes qui lavent le linge dans l'oued et le mettent à sécher à même le sol en plein soleil. Touché par la beauté du lieu, il a une pensée fugitive pour Mme Bazin, qui se réjouissait à l'idée de faire cette excursion.

Martin a vite fait de distribuer toutes ses pièces. Aziz le divertit avec son français hésitant, sa gentillesse et sa spontanéité. De temps en temps, il se retourne pour regarder Martin, lui donne une tape dans le dos en disant :

— Tu es mon ami ! Mon ami !

Amina s'amuse du contraste entre les deux hommes, l'un aussi brun que l'autre est blond. Le jovial Aziz les invite tous deux à le suivre dans sa maison, et les installe sur des tapis confortables tandis que les enfants jouent autour d'eux. Une vieille femme vêtue de noir, à l'allure fière, le visage marqué mais encore beau, salue Amina d'un geste que Martin a déjà remarqué chez les Marocains, ouvrant largement sa main en étalant ses doigts, paume tournée vers la jeune femme, qui fait la même chose en retour. Il lui en demande l'origine.

— C'est pour conjurer le mauvais sort, explique Amina.

Aziz s'affaire à préparer le thé. Une femme passe la tête par une des fenêtres du patio, salue Amina et Ahmed, dévisage longuement Martin et disparaît.

— C'est la femme d'Aziz. Elle est très timide. Il n'y a pas beaucoup de touristes qui viennent ici et elle n'a pas l'habitude.

— Elle peut venir, dit Martin. Je suis très gentil !

Aziz sourit, puis appelle plusieurs fois sa femme. Elle les rejoint enfin, rouge de confusion, un bébé dans les bras, et s'installe à côté de la mère d'Aziz.

Aziz verse le thé, distribue les verres et propose du pain tout juste sorti du four.

— Tiens, mon ami ! Prends, c'est pour toi ! dit-il à Martin.

— Il t'aime bien, chuchote Amina.

— Il n'est pas comme ça avec tout le monde ?

— Il est accueillant avec tous, c'est vrai, mais je le trouve particulièrement sympathique avec toi.

— Tu viens de France ? demande Aziz, faisant signe aux enfants d'aller jouer plus loin.

— Oui. De Paris.

— Un jour je viendrai te voir à Paris !

— Avec plaisir.

— Tu me donnes ton adresse ?

— Bien sûr.

Aziz se lève pour décrocher un sac à dos coloré suspendu à un clou.

— Il va te montrer son album de photos, murmure Amina. Tu mettras un mot dedans avec ton adresse.

Fièrement, Aziz exhibe un cahier à spirale.

— Regarde, mon ami ! Ce sont mes visiteurs !

Martin ouvre le cahier par politesse, sentant une certaine lassitude le gagner. Il tourne les pages, faisant mine d'étudier les multiples signatures, les photos collées avec soin, les commentaires, les adresses. Amina lui tend un stylo. Il le prend et cherche la dernière page du cahier afin d'y inscrire un message et ses coordonnées.

Oh, Aziz ! Ton oasis est un paradis dans lequel

Il s'interrompt brusquement. Le message précédant le sien, daté de la veille, est rédigé en suédois. Il ne peut en déchiffrer que quelques mots. L'écriture lui est inconnue. Il regarde le nom et l'adresse :

Leine, Valhallagatan 16, Uppsala, Sverige.

Cela ne lui évoque rien. Puis il avise une enveloppe scotchée sur la page, au-dessus du message en suédois. Que peut-elle contenir ? Une lettre ? Des photos ? Si Aziz l'a fixée à cet endroit précis, c'est qu'elle a un rapport avec les dénommés Leine.

Aziz parle avec Amina et Ahmed, ils ne regardent pas Martin, rient, discutent joyeusement. Seules la mère et l'épouse l'observent fixement, la femme d'Aziz berçant son bébé, chantant à voix basse.

Il lui faut impérativement ouvrir cette enveloppe, pour être certain de ne pas passer à côté d'une piste. Il s'efforce d'adopter une attitude décontractée et, comme si de rien n'était, l'ouvre.

À l'intérieur, deux polaroïds. Sur l'un Aziz boit le thé avec un homme d'une cinquantaine d'années et une petite fille blonde. Sur l'autre une femme aux grandes lunettes noires pose avec le même homme et la fillette devant l'oued. La femme doit avoir quarante ans. Ses cheveux sont d'un blond très clair.

Malgré la mauvaise qualité de la photo, Martin distingue sans peine sur le col de sa chemisette une petite broche en or qui pourrait être un lion ailé.

Victor Dujeu passe quelques coups de téléphone, se prélasse dans un bain, s'habille, puis descend dans le hall pour aller dîner. L'hôtel Splendid, à la décoration désuète, lui plaît, il lui rappelle ses voyages avec Kerstin, durant les trois années de leur mariage, années qu'il considère aujourd'hui comme les plus heureuses de sa vie.

Assis entre quatre filles superbes, sentant sur lui les regards envieux de tous les hommes présents, Victor revit ; oubliés les tracas de sa profession, envolés ses problèmes quotidiens et le souci de la mystérieuse escapade de son fils.

Il a peu de temps libre. Depuis qu'il exerce ce métier, sa vie évolue autour de ses affaires, ses dossiers et ses clients. La seule échappatoire à cette existence bousculée se résume en un mot : les femmes. Il part rarement en vacances, cumule voyages d'affaires et week-ends amoureux, profitant souvent d'une audience dans une ville pour y emmener une maîtresse.

Se retrouver seul dans un lieu inconnu, sans contraintes de travail ni amante attitrée, lui procure un plaisir inattendu. Il se sent libre, jeune. Il lui faut profiter de cet instant inespéré.

— Vous avez des enfants ? lui demande la rousse, qui s'appelle Claudia.

Elle est allemande et parle peu le français, ainsi que les trois autres, américaines. Victor, dont l'anglais n'a pas rouillé, profession oblige, est enchanté de démontrer ses talents linguistiques.

— Il a peut-être des petits-enfants ! ricane la blonde Deborah.

— Dieu merci, pas encore ! s'empresse de dire Victor, ne désirant point passer pour un grand-père aux yeux de ces demoiselles. J'ai un fils de dix-huit ans, Martin.

— Et que fait-il, ce Martin ? demande Brooke, une brune au teint de pêche.

Victor Dujeu éprouve une fierté inédite en disant pour la première fois :

— C'est un écrivain.

Silence impressionné. Ah, ça leur cloue le bec, à ces vaniteuses !

— Ça rapporte, d'écrire ? l'interroge Claudia, dont les honoraires doivent dépasser ceux de Victor, pourtant consistants.

— À vrai dire, je n'en sais rien.

La rousse dissimule un bâillement derrière une main fine.

— Moi, je ne sors pas de mon lit pour moins de dix mille dollars, annonce-t-elle avec nonchalance.

Les trois autres mannequins, n'ayant pas encore atteint ces sphères argentées (Claudia fait partie de l'illustre top ten), s'inclinent devant cette suprématie incontestable.

— Et vous, que faites-vous ? demande Alison, une autre blonde.

— Je suis avocat.

— Vous êtes en vacances ? Vous êtes avec votre femme ?

Comme elles sont curieuses, ces déesses de magazine…

— Non. Enfin, pas vraiment. Je pars retrouver mon fils à Ouarzazate.

— Vous êtes tout seul ? dit Claudia de son anglais teinté d'un fort accent germanique.

— Ce soir ? fait Victor, un large sourire aux lèvres. Avec vous, je ne le suis pas vraiment !

Si Estelle le voyait…

— Cela vous dirait, monsieur l'avocat, de nous accompagner en boîte ?

— Aziz ! s'exclame Martin, faisant sursauter tout le monde et pleurer le bébé.

Blanc comme un linge, il se précipite vers son hôte, renversant son verre de thé et écrasant sa tranche de pain.

— Regarde cette photo… Cette femme… Dis-moi…

Aziz, surpris, contemple le polaroïd.

— Elle était là hier, cette femme, dit-il. Avec son mari et sa petite fille.

— Tu sais où elle est aujourd'hui ?

Stupeur d'Aziz. Il éclate de rire.

— Mais non, je ne sais pas !

Martin se calme graduellement.

— Écoute, Aziz, c'est important. Je suis venu à Ouarzazate pour retrouver cette femme. Est-ce qu'elle t'a dit quelque chose sur son hôtel, sur l'endroit où elle se trouve ? Et as-tu remarqué sa broche, est-ce bien un lion, comme le mien ?

Il montre le bijou épinglé.

Aziz secoue la tête, éberlué.

— Je ne comprends pas, marmonne-t-il.

Amina jette un coup d'œil sur le polaroïd.

— Martin, cette photo n'est pas des meilleures. Tu es sûr que c'est elle ?

— J'en suis pratiquement certain. Regarde la broche qu'elle porte. Cela ressemble à un lion ailé, non ?

Amina fait la moue.

— Cela pourrait aussi être un scarabée en or. On en vend pas mal dans les souks. D'ailleurs, même si c'est un lion ailé, ce genre de broche est assez courant. Tous les gens qui ont été à Venise – et il y en a ! – ont pu en acheter.

— En tout cas, annonce Martin, cela vaut la peine de la retrouver, cette femme. Son âge, sa nationalité et son physique concordent. Tu as promis de m'aider, alors interroge Aziz, s'il te plaît.

Amina se tourne vers le chef du village et lui parle en arabe. Il écoute, attentif, regardant Martin de temps en temps. Puis il répond, Amina traduisant au fur et à mesure :

— Ils ne sont pas venus avec un guide, ou un groupe, mais seuls. Ils avaient une 4L, le genre qu'on loue pour la journée. Aziz dit qu'ils lui ont parlé surtout anglais, mais que la femme parlait un peu français. Il a fait le tour de l'oasis avec l'homme et la petite fille, car la femme était fatiguée. Elle est restée à l'ombre. Après, ils ont pris le thé, ont signé le cahier, puis ils sont partis. Aziz ne sait pas dans quel hôtel ils sont.

La femme d'Aziz se met brutalement à parler d'une voix stridente, le visage rouge, en gesticulant vers Martin tout en montrant la photo.

— Qu'est-ce qu'elle dit ? demande Martin.

Amina questionne la jeune femme, la fait répéter plusieurs fois.

Puis elle dévisage Martin, troublée.

— Alors ?

— Fouzia dit que pendant que la femme se reposait à l'ombre, elle a enlevé ses lunettes noires quelques instants, et Fouzia a eu le temps de la regarder. Elle dit qu'en te voyant tout à l'heure, cela l'a frappée, tu lui ressembles comme si tu étais son fils.

17

« Je t'aime »

Victor Dujeu se considère comme un excellent danseur. Il sait tout danser, le cha-cha-cha, la samba, le twist, la bossa-nova, le rock, le slow, la valse, et même le tango. Le rythme dans la peau, il se croit irrésistible. Il a vite fait de se rendre compte que les quatre lianes se trémoussant autour de lui ne sont pas de cet avis. Il surprend quelques sourires moqueurs, se doute d'un gloussement et, atteint dans sa dignité, fait mine d'aller s'asseoir.

— Mais où allez-vous, monsieur l'avocat ?

— Restez avec nous…

— Vous dansez super bien !

— Pour votre âge !

Nouvelle crise de rires.

De vraies garces, pense-t-il, en essayant de garder le sourire. Visiblement, il n'intéresse pas Claudia ; il ferait mieux de retrouver son lit et de se préparer à la journée de demain.

Alors qu'il se décide à quitter la boîte, laissant le quatuor se déchaîner sur la piste, Claudia s'arrête de danser et s'approche de lui, tentatrice à la crinière de feu.

— Comment, vous partez déjà, Victor ?

— Il est tard.

— C'est dommage, nous commencions juste à nous amuser...

— Vous continuerez sans moi !

Elle a alors un regard particulier, filtré entre ses lourds cils noirs, et un sourire carnassier sans ambiguïté. Elle s'approche davantage, les pointes de ses seins frôlant la manche de Victor.

— Vous viendrez me dire bonsoir tout à l'heure dans ma chambre ? chuchote-t-elle.

— Quel est le numéro de votre chambre ? demande-t-il rapidement.

— 234. Vous n'oublierez pas ?

— 234, répète-t-il. Je viendrai. Mais ne me faites pas languir trop longtemps...

— De toute façon, vous m'attendrez, n'est-ce pas, Victor ?

Martin réfléchit. Autour de lui, tout le monde se tait, même les enfants, qui jouent un peu plus loin.

— Il faut reprendre ta suggestion, dit-il finalement à Amina. Rentrer à Ouarzazate et nous renseigner dans tous les hôtels. Si nous n'y arrivons pas, faute de temps, nous continuerons demain matin.

La jeune fille a les yeux brillants.

— Martin, j'ai une bien meilleure idée !

— Quoi donc ? dit-il, touché de la voir si exaltée.

— Il n'y a qu'une seule entreprise à Ouarzazate qui loue des 4L aux touristes. Il suffit de les appeler et de leur demander le nom de l'hôtel des Leine. C'est marqué sur le dossier de location.

— Une idée de génie ! crie Martin, se mettant debout. Vite, un téléphone ! On les appelle tout de suite !

Amina se rembrunit.

— Il n'y a pas de téléphone ici, Martin. Nous sommes en plein désert.

— Pas de téléphone ? Ce n'est pas vrai !

— Pas de téléphone ! répète Aziz en souriant, trouvant cela assez drôle.

— Allons à Zagora, suggère Martin. On trouvera bien un téléphone là-bas, non ? Il faut y aller tout de suite. Allons-y ! Ahmed ! En voiture !

Aziz les regarde partir, agitant la main jusqu'à ce que le minibus disparaisse derrière une dune.

— Combien de temps met-on pour aller à Zagora ? demande Martin.

— Une heure.

— On ne peut pas aller plus vite ?

— Si on va plus vite, on risque de crever un pneu, les pierres ici sont tranchantes. Et on perdra encore plus de temps.

Résigné, Martin ne dit plus rien. Sa fatigue s'est envolée. Il se sent capable à présent d'affronter le long retour, comme un athlète qui se concentre avant l'épreuve, réconforté par l'idée que Kerstin Dujeu est peut-être venue ici hier, sur cette même route, contemplant ce paysage qu'il admire, ce ciel limpide, la vaste étendue du désert, et qu'elle a traversé l'oued sur les pierres où il a tout à l'heure posé les pieds.

Ils arrivent à Zagora vers cinq heures et demie et finissent par dénicher un téléphone dans un café. Il faut ensuite mettre la main sur un annuaire. Amina s'en charge. Elle trouve le numéro de la société de location et le compose, Martin à ses côtés.

Mais aucune réponse.

— Essaie encore !

Amina raccroche.

— Ce n'est plus la peine. À cette heure, ils sont fermés. Je m'en doutais un peu, d'ailleurs. Il va te falloir patienter jusqu'à demain matin.

— Demain matin ? Mais je ne peux pas attendre ! C'est trop important ! Il faut trouver une solution…

Amina pose ses deux mains sur les épaules de Martin.

— Écoute, dit-elle, de sa voix grave. Je sais que c'est important. Je comprends pourquoi. Mais il n'y a rien à faire. Nous allons rentrer, on a deux heures et demie de route devant nous. Nous n'arriverons pas avant huit heures. Cela ne servirait à rien que tu fasses la tournée des hôtels, puisque nous aurons la réponse dès demain matin. Ne va pas gâcher ton temps dans les hôtels de la ville, il y en aurait pour la nuit !

— Et si elle est partie ? Imagine qu'elle ait quitté le Maroc !

— Ce n'est pas un problème.

— Pourquoi ?

— Grâce au livre d'Aziz, tu connais son adresse en Suède.

Il la fixe, admire le beau visage ovale encadré par la masse de cheveux noirs.

— Tu as raison, Amina. Cela ne sert à rien de me précipiter.

Elle lui sourit.

— Viens, la route est longue.

Le soleil couchant projette des ombres rougeoyantes sur les palmeraies et les citadelles, embrasant la vallée de teintes irréelles. Amina regarde Martin s'assoupir tandis qu'ils approchent de Ouarzazate, consciente que la confusion qui l'a envahie lors de son premier sourire ne l'a pas quittée.

Une fois devant l'hôtel, ils se retrouvent seuls, Ahmed ramenant le minibus au siège de MarocTours.

— Tu les appelleras demain matin ? dit Martin.

— Dès l'ouverture. Tu sais, je les connais bien. Nous traitons avec eux quand nos clients désirent louer des voitures. Je te téléphonerai tout de suite après avec le nom de l'hôtel.

— Tu pourras venir avec moi ?

— Avec toi où ?

— La retrouver.

— J'aimerais beaucoup, mais…

— Mais quoi ?

— J'ai une visite à faire demain matin, au souk de Ouarzazate.

— Tu n'as qu'à dire à M. Sefrani que personne n'a voulu y aller.

— Excellente idée ! Et c'est presque vrai, après tout. Mme Clément veut se reposer, la pauvre Mme Bazin n'est plus là… Il ne reste plus que M. Duval et Mlle Lucchini.

— Je crois que ces deux-là ont autre chose à faire qu'aller visiter le souk.

— Dans ce cas, je t'accompagnerai.

— Merci. J'en suis très heureux.

— Moi aussi. J'ai bien envie de savoir si cette femme est ta mère. À demain, Martin.

— À demain, Amina.

Elle emprunte le chemin de la casbah. Martin la regarde s'en aller, voulant la retenir, ne souhaitant pas entrer dans l'hôtel pour retrouver sa chambre solitaire et devoir attendre ainsi cette journée si importante, cruciale même.

Avec un soupir, il se retourne pour pénétrer dans le hall.

— Martin !

Elle l'a appelé.

Il s'élance vers elle.

« JE T'AIME »

— Je n'ai pas envie d'être seule ce soir après cette journée incroyable.

— Moi non plus.

Silence.

— Tu viens dîner avec moi à La Gazelle ?

Victor Dujeu s'est recoiffé avec soin, bénissant le ciel de cette chevelure à peine grisonnante et si épaisse. Pas les moindres prémices d'une calvitie. Il se trouve bien, la preuve : il attire encore des filles de la génération de son fils ! Il est prêt. Dernière touche d'after-shave, ultime regard dans le miroir qui lui renvoie l'image satisfaisante d'un homme « dans la force de l'âge », au nez arqué, à l'œil guilleret et dont l'unique défaut à ses yeux est peut-être un ventre trop rebondi.

Il consulte sa montre. Cela fait maintenant trois quarts d'heure qu'il a quitté la discothèque. Il capte quelques rires légers dans l'escalier, entrebâille sa porte et jette un coup d'œil dans le couloir. À l'autre bout, il reconnaît quatre longues silhouettes et referme vivement la porte, ne souhaitant pas être aperçu en train de guetter le retour de Claudia.

Il faut lui laisser un quart d'heure, vingt minutes pour qu'elle s'apprête, revêtant sa plus fine lingerie, choisissant un éclairage intime, parfumant son corps avec le raffinement d'une femme qui se livre aux préparatifs rituels de l'amour.

Victor Dujeu se frotte les mains d'excitation et laisse passer dix minutes. Puis, persuadé qu'elle l'attend avec la même impatience, il quitte sa chambre et se dirige vers la 234.

Celle-ci se trouve sur le même palier, mais à l'autre extrémité du couloir. Il marche silencieusement sur l'épaisse moquette sans croiser personne ; l'hôtel entier semble somnoler, enlisé dans une profonde torpeur.

Derrière la porte de la chambre 234, on n'entend pas le moindre bruit. Il vérifie le numéro. C'est bien celle-là. Peut-être Claudia s'est-elle endormie ? Il imagine la chaleur d'une peau assoupie, les longs cheveux roux étalés sur l'oreiller, un corps à demi dénudé dans la pénombre.

Tout doucement, il tourne la poignée. Ce n'est pas fermée à clef ; cela signifie qu'elle l'attend. Il se glisse à l'intérieur de la chambre plongée dans une obscurité totale et referme la porte. Silence complet. Immobile, il laisse ses yeux s'habituer au peu de lumière, distingue petit à petit les meubles, la fenêtre et le grand lit dans lequel il devine, avec un battement de cœur triomphant, une forme repliée sous les draps. Un souffle léger flotte jusqu'à ses oreilles. Elle dort, comme elle dort bien ! Pas pour longtemps, pense-t-il en souriant. Il s'approche du lit, enlevant chemise, mocassins, chaussettes, pantalon et caleçon, pour se retrouver entièrement nu près de la table de chevet. Il voit suffisamment bien à présent pour se glisser lentement dans le lit, à côté d'elle. Il est tenté de dire : « C'est moi, Victor ! » mais il se ravise, affolé par la proximité de ce corps si convoité. Elle murmure quelque chose et se tourne sur le ventre. Il pose la main avec douceur sur un postérieur qu'il trouve étonnamment mou. Encore endormie, elle grogne. Prenant cela pour une marque de plaisir, il s'enhardit, tente d'atteindre la poitrine arrogante qui l'a tant aguiché. Un sein triste lui tombe dans la main. Il le pétrit, incrédule. Puis elle se réveille, se retourne et, horrifié, il découvre un visage qui n'a rien à voir avec celui de Claudia.

Il se trouve dans le lit de la rédactrice de mode, austère quinquagénaire à laquelle il n'a jamais accordé un regard depuis l'aéroport.

Retrouvant la souplesse de ses vingt ans, il bondit hors du lit, bafouille quelques excuses, ramasse en toute hâte ses vêtements éparpillés et se rue dans le couloir, nu comme un ver. Alors qu'il court aussi vite qu'il le peut vers sa chambre, il croise un couple âgé qui le toise avec stupeur, médusé par cette apparition nocturne. Il a du mal à trouver sa clef, enfouie dans son pantalon, et doit subir un instant encore les regards du couple avant de pouvoir trouver refuge dans sa chambre.

Cramoisi, il enfile un peignoir.

— Pourtant… elle avait bien dit 234…

Alors qu'il fait face au miroir, se trouvant ridicule, le premier doute s'insinue en lui tandis qu'il revoit le visage ahuri de la rédactrice. Sans difficulté aucune, il imagine l'hilarité de cette garce de Claudia. Jamais une femme ne l'a humilié de la sorte.

— Mon pauvre vieux…, dit-il à son reflet morose. Tu t'es bien fait avoir.

Il se couche, mal à l'aise.

Est-ce une divagation ou entend-il réellement le rire moqueur de Kerstin, montant des abysses de sa mémoire ?

Par chance, La Gazelle ce soir-là n'affiche pas complet. Amina et Martin s'installent dans un petit salon rose et or et commandent un couscous.

— Tu es fatiguée ? demande Martin en voyant Amina étouffer un bâillement.

— Un peu. La journée a été longue et pleine de rebondissements.

— Ce n'est rien comparé à ce qui nous attend demain.

Amina le fixe de ses yeux sombres.

— Qu'est-ce que tu vas lui dire ?

— Je n'en sais pas grand-chose. Pourtant, je n'ai cessé d'y penser depuis que je suis ici. Que peut-on dire à une mère qu'on n'a pas vue depuis seize ans ?

Il mange un peu de son couscous.

— En plus, elle ne me reconnaîtra peut-être pas.

— Si ! s'exclame Amina. Puisque tu lui ressembles tant.

— Soit elle aura le choc de sa vie, soit elle fera mine de ne pas savoir qui je suis.

— Et pourquoi donc ?

— Elle a refait sa vie. Elle a épousé ce Leine, elle vit à Uppsala, elle a eu un autre enfant. Elle nous a oubliés, mon père et moi.

— Elle sera choquée, comme tu dis, mais ensuite folle de joie. Tu es son fils, elle t'adorait, tu me l'as dit. Imaginons un instant que lors de l'accident, elle ait reçu un coup sur la tête. Depuis elle ne se souviendrait de rien. Elle aurait été recueillie par une famille, puis elle serait repartie en Suède et se serait mariée avec ce Leine.

Martin la regarde avec intensité.

— Tu as raison. C'est une possibilité…

— Ou alors imagine qu'elle ait quitté l'avion avant le décollage en laissant son sac et sa valise à bord. Elle serait partie vivre une autre vie, vous laissant croire qu'elle était morte.

— Mais pourquoi aurait-elle choisi de vivre une autre vie, loin de nous ? Quelle raison aurait-elle eue de vouloir qu'on la croie morte ? C'est tout de même un peu tiré par les cheveux !

— Ton histoire l'est aussi, Martin. Le Loto, tes pieds, puis la photo dans le livre d'Aziz, ce n'est pas incroyable, tout ça ?

— Oui, c'est vrai, sourit Martin. Mais Célestine était incroyable, aussi.

— Elle te manque, n'est-ce pas ?

— Oui.

— Est-ce que ton ami M. Duval la connaissait ?

— Ils ne se sont vus qu'une fois, ils ne se sont pas entendus. J'ai même regretté de les avoir présentés l'un à l'autre. Elle était spéciale, tu sais, Célestine.

— Ton ami Oscar l'est également.

— Tu n'as pas aimé ce qu'il a dit à propos de la mort de Mme Bazin, hein ?

— Non, je n'ai pas aimé.

— J'ai l'habitude de son sens de l'humour, il n'est pas méchant.

— Il se prend trop au sérieux.

— C'est aussi ce que disait Célestine… Mais je t'assure qu'au fond, il n'est pas méchant. Il faut le connaître.

— En plus, il est jaloux de toi.

— Comment ça ?

— Il te lance des regards noirs.

Martin rosit légèrement.

— Je sais pourquoi, dit-il. Ce n'est rien. C'est une vieille histoire.

— Pas du tout. Je dirais plutôt une histoire récente.

— Ah ? fait Martin, de plus en plus rouge.

— Il est furieux parce que je ne m'intéresse pas à lui.

Martin joue avec la semoule de son couscous du bout de sa fourchette.

— Et il t'en veut parce que tu ne lui as pas dit pourquoi tu l'avais emmené ici, ajoute Amina.

— Mais comment sais-tu tout cela ?

— Je regarde. J'observe. J'écoute.

Martin pose ses couverts. La pièce est silencieuse, on n'entend que vaguement la rumeur des cuisines, les pas qui montent et descendent l'escalier.

— Tu sais ce qu'elle m'a dit, Mme Bazin, le soir avant sa mort ?

— Non.

— Elle m'a dit que je te plaisais.

Silence.

Amina ne fait aucun commentaire, regardant Martin pendant un moment.

Puis elle lui demande d'un ton distant :

— Tu prendras un dessert ?

Juché sur un pouf satiné dans un des salons de l'hôtel, Oscar regarde d'un œil endormi un film en arabe.

— Tiens ! fait-il en voyant Martin traverser le hall. D'où viens-tu ?

— De La Gazelle. Un restaurant.

— Tu m'as l'air bizarre.

— Je suis fatigué.

— Viens t'asseoir !

Martin s'enfonce dans un autre pouf.

— Où est ta copine ? demande-t-il à Oscar.

— Elle fait ses valises. Elle part demain.

— Ah ?

— Les enfants de Mme Bazin sont arrivés pour rapatrier le corps de leur mère. Bénédicte repart avec eux. La journée a été éprouvante. Les visites à la morgue, le procès-verbal, les flics, Sefrani qui s'agitait...

— Comment se fait-il que tu te sentes si concerné ?

Oscar rougit.

— Ce n'est pas ton genre, pourtant ! ajoute Martin.

— Oui, je sais. Mais j'ai eu de la peine pour Béné. Cela faisait des années qu'elle travaillait pour Mme Bazin. Et cette pauvre vieille me faisait marrer avec ses coups de gueule, tout le temps en train de râler.

— Elle te trouvait effroyablement mal élevé.

— Elle te l'a dit ?

— Elle me l'a fait comprendre.

— Toi, bien sûr, tu fayotais, comme avec toutes les petites vieilles ! Qu'est-ce que tu espérais obtenir ? Un héritage ? C'est vrai qu'elle était vachement plus riche que ta Célestine. Maintenant il faut que tu te trouves une autre mémé à dépouiller. Tiens, il y en a une qui a débarqué ce matin, une Écossaise édentée, éleveuse de lévriers. Suite 28. Ça te tente ?

Martin ne peut s'empêcher de rire.

— Ça fait du bien de te voir rigoler, Dujeu. Tu es sinistre, ces jours-ci.

— Demain, cela ira mieux.

— Pourquoi, qu'est-ce qui se passe demain ?

— Demain, tu vas comprendre pourquoi nous sommes venus ici.

— Rien que ça !

— Tu vas la revoir, ta Bénédicte ?

— On s'appellera. Mais elle a pigé que ma libido ne peut se limiter à une seule femme. Au fait… et Amina ? Où en es-tu avec elle ?

Martin soupire.

— Au même point.

— C'est-à-dire ?

— Je l'aime.

— Ça, je l'avais compris, merci. Et elle ?

— Je ne sais pas.

— Comment ça, tu ne sais pas ? Ça se voit tout de suite si une femme est indifférente ou pas !

— Eh bien non.

— C'est mal barré, mon vieux !

— Tu crois ?

— Peut-être qu'elle s'en fout de toi.

— Non, elle ne s'en fout pas.

— Qu'est-ce que tu en sais ?

— Mme Bazin me l'a dit.

— Vous vous êtes raconté votre vie ou quoi, avec cette pauvre Mme Bazin ?

— Non. Nous avons eu une courte conversation. Mais je n'oublierai pas ce qu'elle m'a dit.

— Elle n'avait pas les yeux dans sa poche, la vieille ! Tu sais ce qu'elle m'a lancé hier soir, après le dîner ? glousse Oscar. De pas oublier de mettre un préservatif, parce qu'elle ne tenait pas à ce que Bénédicte tombe enceinte ou attrape le sida.

— Sacrée Mme Bazin ! rit Martin.

Tandis que le salon se remplit peu à peu d'une clientèle cosmopolite et bronzée, Martin repense avec un certain malaise au dîner. Il se maudit d'avoir mentionné à Amina sa conversation avec la vieille dame. À la suite de cette remarque idiote, elle est restée froide toute la soirée, le regardant à peine. Elle ne l'a pas invité chez elle après le repas et l'a quitté dès la dernière bouchée avalée. Il ne lui est plus resté qu'à rentrer à l'hôtel, déconfit.

— Duval, dit Martin, j'ai besoin de ton avis.

À la fin de sa confession, Oscar le dévisage avec des yeux ronds.

— Mais t'es dingue d'avoir dit ça !

— Pourquoi ?

— Elle a dû te trouver d'une prétention... Tu aurais dû lui dire : « Mme Bazin a deviné que *tu* me plaisais. » Il fallait lui parler de tes sentiments pour elle, pas de ceux qu'elle a peut-être pour toi. Tu t'es bien planté, Dujeu !

— Qu'est-ce que je dois faire maintenant ?

— Il faut agir vite dans ces cas-là. Tu vas lui téléphoner tout de suite, tu vas t'excuser d'avoir été aussi nul, la flatter un peu, lui dire que tu as envie de la revoir, lui faire comprendre qu'elle te plaît, qu'elle est belle, tout ça quoi ! Si elle craque, c'est bon, fonce. Si elle en a rien à cirer, elle te le fera piger. Dans ce cas, tu me la laisses, tu ne pourras plus rien faire pour elle.

Martin n'écoute déjà plus. Il sort du salon, grimpe l'escalier quatre à quatre, ouvre la porte de sa chambre et se jette sur le téléphone, la carte de visite (qui ne le quitte plus) sous les yeux.

Au bout de la troisième sonnerie, elle décroche.

— Amina !

— Qui est-ce ?

— C'est Martin.

— Ah.

Silence.

— Qu'est-ce que tu veux, Martin ?

Tous les conseils d'Oscar s'envolent d'un coup. Il est incapable de prononcer un seul mot.

Le silence se prolonge.

— Je n'entends rien ! Allô ? Martin ? Allô ?

— Amina, souffle-t-il, Amina, je t'aime.

Il raccroche à toute vitesse, avant qu'elle puisse répondre.

18

Père et fils

Oscar s'est levé tôt, voulant profiter de la piscine avant qu'elle soit envahie. Il commande un petit déjeuner, s'installe à une table au bord de l'eau et inspecte son bronzage. Pas mal, juge-t-il, encore un peu rouge, mais dès son retour à Paris, transformé en brun épicé, il y aura de quoi faire chavirer quelques cœurs.

À cette heure-ci, il est pratiquement seul sur la terrasse, à part quelques intrépides se préparant pour une randonnée en 4 × 4, levés aux aurores pour affronter un trajet long et difficile. Quelle idée d'aller suer dans le désert, songe Oscar, satisfait à la pensée de troquer une excursion épuisante contre une place au soleil et un bronzage garanti. Ronronnant de plaisir, tel un gros chat paresseux, il regarde partir le groupe de randonneurs sans éprouver à leur égard la moindre envie.

Il jette un coup d'œil à sa montre. À peine huit heures, heure à laquelle l'hôtel commence à s'éveiller, les femmes de ménage trottinant dans les couloirs et les garçons d'étage chargés de plateaux frappant aux portes. Bientôt la meute va descendre pour le petit déjeuner et le charme de la matinée sera rompu.

Oscar s'étire longuement, se demandant comment il pourra, après cette exquise chaleur, ce soleil brillant, ce ciel pur, à nouveau supporter la grisaille, le froid et les odeurs de Paris. Il termine son petit déjeuner, feuillette un journal vieux de deux jours, puis décide de quitter la piscine déjà trop fréquentée, lorsqu'il remarque un remue-ménage à travers les portes vitrées de l'autre côté de la terrasse. À la réception, des grooms s'affairent, hissant des valises sur de petits chariots, et il devine un arrivage de gens descendus de plusieurs minibus et cars. Oscar apprécie ces arrivées à l'hôtel, pour peu qu'une jolie fille attire son regard. Depuis qu'il réside au Safir, il s'amuse à repérer les « nouveaux », invariablement blancs et fatigués, regardant autour d'eux avec béatitude, bouche ouverte devant la piscine aux jets d'eau. Ceux plus habitués au luxe marchent d'un pas blasé vers leur suite, une montagne de bagages et quelques valets respectueux dans leur sillage.

Tandis qu'il se redresse sur son transat afin d'évaluer le nouvel arrivage, il aperçoit Martin qui file comme une flèche devant lui.

Oscar le hèle. Martin s'arrête net. Oscar remarque que son visage est écarlate et qu'il respire vite.

— Où cours-tu comme ça ?

— Je vais à l'hôtel Karam.

— Qu'est-ce que tu vas foutre là-bas ?

— Je t'expliquerai.

— T'as un rencard ou quoi ?

— Oui, en quelque sorte. Je dois y aller.

Martin contourne la piscine et quitte l'hôtel par une porte donnant sur les jardins extérieurs. Étonné, Oscar le suit des yeux jusqu'à ce qu'il disparaisse derrière un mur. Jamais il n'a vu Martin aussi agité, le visage si coloré… Est-ce Amina qui le met dans cet état ? Et que signifie ce rendez-vous mystérieux dans un autre hôtel ?

L'apparition de quatre beautés, une rousse, deux blondes et une brune, plus sublimes les unes que les autres, le tire de ses préoccupations. En extase, il les dévore des yeux, se demandant laquelle sélectionner, conscient de l'impossibilité du choix. Il les lui faut toutes ! Par quelle perle rare entamer ce festin royal ? Oscar, salivant d'avance, élabore un menu : la première blonde en hors-d'œuvre, la brune comme entremets, la rousse en plat de résistance, pour terminer avec la seconde blonde en dessert.

Une vision inattendue le glace alors et il se raidit instantanément, se demandant s'il n'a pas rêvé, oubliant sur-le-champ les quatre beautés. Il scrute le défilé des arrivants, toise chaque inconnu peureusement, persuadé d'avoir été victime d'une hallucination.

Il aperçoit de nouveau ce qui l'a tant effrayé : une haute taille, une chevelure épaisse, un nez busqué dont celui de Martin est la copie conforme, et plus aucun doute ne subsiste dans l'esprit d'un Oscar décomposé par la terreur.

L'homme, qui lui aussi l'a repéré en train de trembler comme une feuille sur son transat et qui s'avance maintenant vers lui d'un pas décidé, est bien Victor Dujeu.

De sa vie, Oscar ne s'est jamais senti complexé par sa petite taille. Ses cent soixante-huit centimètres n'ont jamais été un handicap lors de ses multiples tentatives de séduction. Mais aujourd'hui, devant l'avocat dont le sommet du crâne paraît aussi inaccessible que les cimes de l'Himalaya, il se sent pour la première fois de son existence plus nabot qu'un des sept nains.

Il ose un instant affronter le regard redoutable, celui-là même qui fait à chaque procès grelotter la partie adverse dans son box, puis baisse vite les yeux.

— Bon… bonjour, monsieur Dujeu, balbutie-t-il.

Victor Dujeu, pas encore remis de sa mésaventure de la veille et souffrant d'un début de turista, est de fort mauvaise humeur.

— Où est Martin ?

— Il était encore là il y a quelques secondes… Mais il est parti…

— Comment ça, il est parti ?

— Il est parti de façon assez précipitée…

— Tu ne sais pas où ?

— Il m'a dit le nom de l'hôtel, mais je ne m'en souviens pas…

— Un hôtel ?

— Oui, il m'a dit qu'il avait rendez-vous dans un hôtel.

— Avec qui ?

Oscar déglutit.

— Je n'en sais rien !

— Mon cher Oscar, tu vas me faire le plaisir de m'expliquer tout de suite ce que vous manigancez ! Je n'ai pas fait des milliers de kilomètres pour m'entendre dire que Martin s'est volatilisé !

Tandis que la voix de Victor Dujeu devient plus glaciale, Oscar rapetisse à vue d'œil.

— Si tu le couvres, tu as intérêt à modifier ta ligne de conduite, parce que je ne vais pas rester patient bien longtemps… C'est clair ?

— Très clair, murmure Oscar.

— Dans ce cas, je t'écoute.

Oscar inspire profondément et lève la tête vers le père de Martin, vision aussi lointaine que la flèche de l'Empire State Building vue du macadam de la Cinquième Avenue.

— Monsieur Dujeu, je vous jure que je dis la vérité. Je ne sais pas qui Martin est allé retrouver, pas plus que je ne sais pourquoi il a voulu que je vienne ici avec lui.

L'Empire State Building tressaille.

— Qu'est-ce que tu racontes ?

— Il m'a dit que je comprendrais aujourd'hui pourquoi nous sommes au Maroc, mais je n'ai toujours pas compris !

Victor Dujeu réfléchit. Puis il dit, d'une voix plus normale :

— Et tu es parti comme ça, sans lui poser de questions ? Tu l'as suivi aveuglément ?

— Je savais qu'il avait gagné beaucoup d'argent au Loto et j'avais l'impression qu'il avait envie d'en claquer un peu avec moi. Je suis son meilleur ami après tout ! Il était déprimé après la mort de sa vieille Célestine. Alors quand il m'a parlé du Maroc, du soleil… je n'ai pas pu résister.

— Il ne t'a rien dit de plus ?

— Non. Pourtant j'ai essayé de lui tirer les vers du nez…

— Est-ce qu'il t'a parlé de sa mère ?

— De sa mère ? répète Oscar, surpris. Non. Pourquoi m'aurait-il parlé de sa mère, il ne m'en parle jamais !

— Comme ça.

— Ah ! fait tout à coup Oscar.

— Quoi ?

— Je viens de me souvenir du nom de l'hôtel où il allait. Le Karam !

— Allons-y ! crie Victor. Tu viens avec moi, dépêche-toi, il n'y a pas une minute à perdre !

Joignant le geste à la parole, il fonce vers la sortie. À la réception, on leur explique que le Karam se trouve à quelques minutes à pied du Safir, en bas de l'avenue, à gauche, vers le centre-ville.

Oscar note que Victor Dujeu court remarquablement vite pour un homme de cinquante ans.

— M. et Mme Leine ? Oui, ils sont bien chez nous.

— Sont-ils sortis ?

Le réceptionniste regarde vers un grand panneau.

— Voyons… La 417… Non, ils sont dans l'hôtel, leur clef n'est pas là.

L'homme pose la main sur le téléphone.

— Voulez-vous que je les prévienne que vous montez ?

— Non ! fait vivement Martin. Non, ce n'est pas la peine, merci.

Il se tourne vers Amina.

— Qu'est-ce que je fais ?

Il a l'air d'un petit garçon perdu.

— Monte, lui dit-elle doucement. Je t'attends ici.

— Viens avec moi.

— Si tu veux.

Ils se dirigent vers l'ascenseur.

Le Karam, à l'architecture bâclée, pas aussi réussie que le Safir, mais certainement plus abordable, est bondé de touristes de tous âges. L'ascenseur, plein à craquer, s'arrête à chaque étage pour récolter et déverser sa cargaison de familles entières.

— On aurait dû monter à pied, souffle Amina, comprimée entre un Allemand pyramidal et une fluette Anglaise.

— Nous y voilà !

Ils se dégagent tant bien que mal de la masse humaine pour déboucher dans un long couloir sombre.

— C'est par là, dit Martin, en se guidant aux numéros.

Devant la chambre 417, il hésite un instant, puis il frappe trois coups.

Derrière la porte, on entend des pas lents. Martin se fige, le cœur battant à tout rompre, s'attendant à découvrir les traits de Kerstin.

Une jeune Marocaine leur ouvre, vêtue d'un tablier, une serpillière à la main.

Amina échange quelques mots rapides avec elle puis s'adresse à Martin :

— C'est la femme de ménage. Elle dit qu'ils sont descendus depuis un moment.

— Mais leur clef ?

— Ils sont peut-être à la piscine, ou au tennis…

— On y va !

Délaissant l'ascenseur trop lent et trop plein, ils dévalent l'escalier.

— Le tennis est par là, allons voir, dit Amina.

Martin passe en revue les quelques joueurs, mais ne voit personne qui ressemble de près ou de loin à Kerstin.

— Essayons la piscine…

Ils traversent un jardin agréablement fleuri pour déboucher sur une large terrasse, aussi fréquentée que l'ascenseur, et une piscine noire de monde.

Martin soupire.

— Comment faire pour la retrouver là-dedans !

— Ne te décourage pas, nous avons tout notre temps, regarde-les un par un.

Le vacarme des enfants s'éclaboussant dans l'eau est assourdissant.

— On n'a qu'à s'installer à une table, suggère Amina, comme ça tu pourras chercher tranquillement.

Elle fait signe à un serveur qui, reconnaissant une amie, leur trouve une table libre. Ils s'assoient, les yeux de Martin ne quittant pas la foule.

— Je ne la vois pas ! Il y a trop de monde…

— Cherche, cherche encore.

Amina commande du thé, auquel ils ne touchent pas.

— Attends… J'ai vu… Non, ce n'est pas elle… Je n'y arriverai jamais.

— Ne te décourage pas, Martin ! Tu es si près du but. Sois patient.

Elle observe ses yeux clairs bouger sans cesse, sa tête tourner de-ci, de-là.

— Ne t'inquiète pas, si elle n'est pas ici, elle reviendra bientôt. Elle est sortie faire une course, tout simplement, elle ne va pas tarder, ne…

Martin s'est immobilisé, le visage pâle.

Elle suit son regard et voit à l'autre bout de la terrasse une femme blonde assise à une table, lisant un livre. Un homme prend le soleil à ses côtés tandis qu'une enfant aux cheveux d'or joue à ses pieds.

Martin se lève lentement, les poings serrés.

Puis il regarde Amina.

— Vas-y, Martin. Cette fois, je ne peux pas y aller avec toi, mais je suis là, tout près.

Martin Dujeu respire longuement et desserre les poings.

Il observe à nouveau la femme blonde, et se met à marcher vers elle à travers la foule.

Alors qu'il n'est plus qu'à quelques mètres d'elle, une main d'acier saisit son bras, et il se retourne pour découvrir le visage sévère de son père, ainsi que celui, penaud, d'Oscar.

— Ah, te voilà enfin ! siffle Victor Dujeu. Tu vas pouvoir t'expliquer. Finis, les mystères !

Martin rougit, tentant de dégager son bras de l'étreinte puissante de son père.

— Pas question de filer une fois de plus, Martin. On va s'asseoir calmement et parler.

— Papa ! crie Martin. Papa, lâche-moi, et regarde ! Regarde là-bas !

Désorienté d'entendre son fils l'appeler « papa » au lieu de « père », Victor le lâche.

— Qu'est-ce qu'il y a ? grommelle-t-il. Regarder quoi ?

— Là, murmure Martin, montrant d'un doigt tremblant la femme blonde.

— Mais quoi donc ? s'énerve Victor, ne parvenant pas à voir ce que Martin lui désigne.

Puis il se raidit et son visage se vide de toute couleur. Il reste quelques secondes à contempler le tableau surprenant, le souffle coupé.

— C'est… c'est…

— Celle que je suis venu chercher ici, complète Martin.

Victor Dujeu se passe une main sur les yeux.

— Ce n'est pas possible, murmure-t-il. C'est un rêve !

Oscar se tient à l'écart, sentant qu'il assiste là à quelque chose d'important.

— C'est Kerstin ! chuchote Victor. C'est inouï... Comment est-ce possible ? Mon Dieu...

— Il faut que tu ailles voir, papa. Je ne me souviens pas assez bien de son visage. Toi, tu sauras tout de suite.

— Tu as raison, dit Victor. Je vais aller voir.

— Et si c'est bien elle ?

Victor dévisage son fils un long instant, sans répondre, puis il se dirige d'un pas mal assuré vers la femme plongée dans son livre et se plante devant elle. Il croit rêver : les mêmes jambes aux chevilles un peu fortes, les mêmes épaules gracieuses, la même chevelure épaisse, blonde comme les blés.

Sentant qu'on l'observe, la femme lève la tête. Ses yeux sont masqués par des lunettes de soleil.

Victor Dujeu la regarde, ivre de sensations. Son passé, sa jeunesse lui remontent à la gorge et l'étouffent. Que fait-elle ici, seize ans après ? L'aurait-elle donc vraiment quitté, maquillant sa fuite en tragédie, insensible au malheur qu'elle laissait derrière elle ? C'est le même visage, la même bouche, bouche ourlée aux lèvres pleines et roses ; les oreilles fines, le cou délicat, le menton rond, tout est identique, et lorsqu'il remarque sur son chemisier une petite broche dorée, et en s'approchant voit qu'il s'agit d'un lion ailé, il croit défaillir.

Elle ferme son livre et le pose sur la table. Comme dans un rêve, Victor note que les mots sur la jaquette sont en suédois. L'homme allongé près d'elle n'a encore rien remarqué, mais lorsque Victor se met à parler, il ouvre un œil, puis se dresse sur sa serviette.

— Kerstin…, bredouille Victor Dujeu d'une voix tremblotante. Kerstin, c'est toi ?

La femme et l'homme échangent un regard. La petite fille se blottit dans les bras de son papa. Debout derrière son père, Martin s'arrête de respirer.

— Excusez-moi, dit Victor, je n'ai pas voulu vous faire peur…

De nouveau il la contemple, halluciné. Comme elle est belle ! Les mêmes mains, la même peau blanche, à peine marquée par le temps.

Il s'agenouille devant elle, lui prend une main.

Elle ne dit rien, froide et raide.

— Kerstin, c'est toi ? Tu me reconnais, c'est Victor ! Ton mari, Victor Dujeu !

Elle retire ses lunettes, comme pour mieux le regarder, et avec un choc violent, il découvre que cette femme a les yeux verts, comme de la malachite, tandis que Kerstin avait les iris bleus – « bleu viking », disait-il – dont Martin a hérité.

Il se remet vite debout, s'éponge le front, rouge de confusion.

— Je… je suis désolé, bégaie-t-il. Veuillez m'excuser, mais j'ai vraiment cru que vous étiez quelqu'un d'autre. Vous lui ressemblez tellement… Et cette broche que vous avez… elle avait la même. Pardonnez-moi !

La femme éclate de rire, d'un rire strident qui n'a rien à voir avec celui de Kerstin.

— Vous me rassurez ! répond-elle. Je ne comprenais pas pourquoi vous me regardiez de la sorte. Surtout que je m'appelle aussi Kerstin, comme bon nombre de Suédoises ! Cette broche vient de Venise, je suppose qu'elle est plutôt répandue.

Sa voix nasillarde tranche avec les intonations veloutées de Kerstin Dujeu.

— Pardonnez-moi de vous avoir importunée…

Victor se détourne, s'assied au bord de la piscine, les tempes bourdonnantes, la bouche sèche. Il reste ainsi un bon moment, vidé, perdu, tiraillé entre soulagement et regret. Quand il revient à lui, il voit qu'Oscar, n'ayant pas perdu de temps, fait les yeux doux à une naïade.

Martin, lui, a disparu.

Victor le cherche des yeux puis, saisi, découvre son fils dans les bras d'une jeune femme brune, lui donnant ce qui lui paraît être un des baisers les plus torrides qu'il ait vus de sa vie.

19

« Je me souviens de tout »

— Comment m'as-tu retrouvé ?

— J'ai cherché dans ton bureau. J'ai trouvé le catalogue.

— Tu savais pourquoi j'étais parti ?

— J'imaginais une foule de choses.

— Tu ne m'en veux pas ?

— Non.

— Elle lui ressemblait beaucoup ?

— Comme deux gouttes d'eau, à part la couleur des yeux. Comment es-tu parti à la recherche de cette femme ? Comment savais-tu qu'elle se trouvait au Maroc ?

Martin a mal préparé sa réponse.

— Je l'ai vue à Paris, dans une agence de voyages. J'ai remarqué sa broche et je trouvais qu'elle ressemblait à l'image que j'avais de ma mère. Je me suis renseigné sur sa destination, et j'ai emmené Oscar avec moi, pour ne pas partir seul.

Victor regarde son fils, les sourcils levés.

— Tu veux me faire avaler ça ?

Martin sourit, embarrassé.

— Je te dirai la vérité plus tard, pas aujourd'hui. Un autre jour. L'important, c'est que j'ai enfin accepté la mort de ma mère. Maintenant je sais qu'elle est morte.

— Et cette jeune Marocaine ?

— Elle s'appelle Amina Agoujil.

— Elle est ravissante.

— Je sais. Mais elle est plus que cela.

— Tu es amoureux ?

— Je l'aime.

— Vous allez vous revoir ?

— J'y compte bien.

— Elle t'aime, elle aussi ?

— Je l'espère.

— Tu n'en es pas sûr ?

— Non.

— Elle ne t'a rien dit ?

— Non.

— Elle a pourtant l'air éprise de toi.

— Oui, mais elle ne me l'a pas dit.

— Elle va te manquer, non ?

— Elle me manque déjà.

— Je voudrais que tu me parles de ce roman.

— Quel roman ?

— Ne joue pas les innocents. Celui qui va être publié aux Éditions Rive Gauche.

— Comment le sais-tu ?

— Pendant ton absence, un certain M. Roland Argençon a téléphoné. À propos de ton contrat.

— Ah.

— Tu ne m'en dis pas plus ?

— Disons que c'est une surprise.

— Cela parle de quoi ?

— Tu verras bien !

— Oscar l'a lu ?

— Personne ne l'a lu, à part Célestine du Bac. C'est elle qui l'a donné à Roland Argençon. C'était un de ses amis.

— Tu lui dois beaucoup, à cette Célestine.

Martin sourit.

— Si tu savais combien, murmure-t-il.

— Que vas-tu faire de cet argent gagné au Loto ?

— Je voudrais fonder une association pour les SDF.

— Gardes-en un peu pour toi, quand même ! intervient Oscar. Tu pourras continuer à emmener tes copains en vacances.

— Est-ce que tu auras ton bac, cette année ? demande Victor.

— Tu y tiens, hein ?

— Oui, j'y tiens.

— Pour écrire, on n'a pas besoin du bac.

— Tu veux devenir romancier ?

— Je crois que je le suis déjà.

— Et si cela ne marche pas ?

— Je continuerai. J'ai toute la vie devant moi. J'ai déjà l'idée d'un nouveau roman.

— Et moi qui voulais que tu deviennes avocat !

— Écrivain, ce n'est pas assez bien pour toi ?

— Attendons de voir comment ton livre sera accueilli par la critique.

— Papa, pourquoi cette rousse te regarde-t-elle avec tant d'insistance depuis que nous sommes dans l'avion ?

— Une rousse ? Quelle rousse ?

— La grande, à droite, là-bas. On dirait qu'elle se moque de toi. Tu la connais ?

— Non, fait Victor, contrit.

— Elle est pas mal, non ?

— Elle est plus de ton âge que du mien.

— Mon cœur est pris.

— Ah, pardon, j'oubliais.

— Moi, je la trouve canon, dit Oscar. Vous avez aussi une touche avec une dame américaine très BCBG. Chaque fois qu'elle vous regarde, elle frémit de bonheur. Celle-là, je vous la laisse.

— Tu la connais, papa ?

Le visage de Victor Dujeu est cramoisi.

— Non. Pas du tout. Attrape-moi mon attaché-case, veux-tu ? Je voudrais travailler un peu avant d'arriver.

Alors que Martin se lève pour ouvrir le casier au-dessus de sa tête, un morceau de papier s'échappe de sa poche et atterrit sur les genoux de Victor.

— Tiens, dit celui-ci à son fils. Tu as laissé tomber ça.

Martin n'a jamais vu ce papier, une feuille blanche pliée en quatre. Il la déplie et y découvre quelque chose écrit en arabe. Que faisait ce message dans sa poche ? Il s'agit sûrement d'une erreur, il ne lit pas l'arabe ; ce mot ne peut pas lui être destiné.

Martin se lève et se dirige vers le fond de l'avion. Il repère une hôtesse et déchiffre son nom sur son badge : Jamila Abdelaziz.

— Excusez-moi, demande-t-il, parlez-vous arabe ?

— Avec un nom pareil, le contraire serait étonnant, non ? sourit-elle.

— Pourriez-vous me dire ce qui est écrit ici, s'il vous plaît ?

La jeune femme prend le papier et le regarde brièvement. Martin voit ses yeux briller d'une lueur espiègle.

— N'avez-vous pas une petite idée de ce qui est écrit sur cette feuille ?

— Pas du tout.

— Il est écrit : « Je t'aime. »

Martin écrit sur la page de garde. Amina lit par-dessus son épaule :

Pour Célestine du Bac, sans qui ce livre n'aurait pas existé.

Il s'avance, pose quelques fleurs et le roman sur la tombe. Cela fait bizarre de voir un livre sur une sépulture, et des gens passant derrière eux les regardent curieusement.

Amina ne dit rien, impressionnée par la taille du cimetière parisien, étendue grise encadrée d'immeubles lointains, hérissée de croix et de monuments funéraires. Elle frissonne malgré le soleil de cette fin avril. Martin contemple la tombe, silencieux et immobile. La jeune femme déchiffre :

CÉLESTINE MARIE BRIGITTE BAUDOIN
DITE CÉLESTINE DU BAC
2 DÉCEMBRE 1926-24 DÉCEMBRE 1992
« LA MORT N'EST RIEN.
JE SUIS SEULEMENT PASSÉ DANS LA PIÈCE À CÔTÉ. »

Martin repense à l'enterrement, journée lugubre et pluvieuse. Au bord de la tombe ouverte, sous le regard neutre des porteurs du cercueil et du fonctionnaire de la mairie, il a lu l'Apocalypse de saint Jean pour Célestine. À ce moment-là, comme maintenant, il n'arrivait pas à croire qu'elle était là, sous terre, enfermée dans une caisse de bois. Aujourd'hui, alors que le soleil brille fort, et qu'Amina est à ses côtés, le cimetière perd pour la première fois un peu de sa morosité, et le souvenir sinistre de l'enterrement commence à s'estomper.

— Je voudrais t'attendre dehors, dit Amina timidement.

Martin la regarde, surpris.

— Tu ne veux pas rester avec moi ?

— Je préfère t'attendre dehors.

— Vas-y. Je n'en ai pas pour longtemps.

Elle se hisse sur la pointe des pieds pour lui donner un baiser. Tandis qu'il le lui rend, enivré par l'odeur de cette peau douce, il croit entendre une voix tout près d'eux.

Il sursaute, regarde alentour.

— Qu'est-ce qu'il y a ?

— J'ai cru entendre quelqu'un…

— Il n'y a pourtant personne.

— Non, il n'y a personne. Bizarre.

— Je te laisse, ne tarde pas trop.

Amina s'éloigne de quelques pas.

À ce moment précis, Martin entend clairement :

— *Mignonne, ta poule !*

Frappé de stupeur, il jette un nouveau coup d'œil autour de lui. Toujours personne.

— Amina !

Elle se retourne.

— Tu n'as rien entendu ?

— Non. Quoi ?

— Une voix qui disait : « Mignonne, ta poule ! »

Elle s'esclaffe.

— Martin, tu es fou !

— Je t'assure que j'ai entendu quelqu'un me dire cela à l'instant.

— Mais nous sommes seuls !

— Je sais ! Mais je l'ai entendu. Je te le jure.

— C'est quelqu'un qui est caché derrière une pierre tombale et qui te joue des tours.

Martin s'empresse d'inspecter trois rangées de caveaux.

— Personne, annonce-t-il.

Amina hausse les épaules.

— Tu l'as imaginé, dit-elle.

— Reste avec moi encore un peu. Cela risque de se reproduire et je veux savoir ce que c'est.

Elle se blottit contre lui.

— On a le droit de s'embrasser dans un cimetière ?

— On n'a pas le droit d'emmener les chiens, ça je le sais. Pauvre Germinal qui nous attend attaché à un piquet…

— Mais on peut s'embrasser ?

— Je crois qu'on peut. On ne doit pas souvent s'embrasser dans un cimetière, on doit plutôt pleurer.

— Embrasse-moi.

Il ne se lasse pas de cette bouche tendre, de ce corps chaud qu'il serre dans ses bras. Ce corps, source d'inépuisables surprises, il apprend à le connaître chaque jour davantage. Il lui semble qu'il n'y a rien de plus extraordinaire au monde que de s'endormir contre la femme que l'on aime, après l'amour. « Ça te passera, lui a dit Oscar. Tu as dix-neuf ans, et c'est ton premier amour. Tu deviendras blasé et tu ne retrouveras plus jamais ce bonheur-là, le bonheur de la première fois. Tu en seras nostalgique. » Martin refuse de le croire. Il aime Amina, Amina l'aime et c'est là le plus important. Qu'importe que leur futur semble incertain, qu'elle doive rentrer après deux semaines de congé à Paris, qu'ils n'habitent pas le même pays, qu'importe qu'elle ne soit pas de sa religion, ni de son âge ; ils s'aiment, et le reste les laisse indifférents.

Elle est venue le retrouver deux mois après son départ du Maroc. À la lumière des rues de Paris, il trouve sa peau plus sombre qu'à Ouarzazate, et a conscience des regards qu'ils attirent. Au début, cela les gênait, ils avaient l'impression d'être montrés du doigt. Mais leur amour a pris le dessus, plus rien ni personne ne peut les atteindre.

Longtemps Martin se souviendra des nuits passées avec Amina, son premier amour, dans une chambre sous les toits ; longtemps il conservera le souvenir d'une peau lisse, d'un corps fin, de seins pointus à l'aréole foncée, et des mots inconnus qu'elle lui murmure au creux de l'oreille. En amour, elle est passionnée, généreuse et simple. La première fois qu'ils se sont aimés, elle était si pudique, si tendre qu'il a eu l'impression que c'était elle la novice, pas lui. Aucun de ses gestes ne semblait automatique ou machinal, et elle s'abandonnait avec une émouvante candeur.

— *Dis donc, tu crois que ça se fait de rouler des galoches pareilles dans un cimetière ?*

Abasourdi, Martin ouvre les yeux, croyant qu'Amina va faire de même. Mais elle continue à l'embrasser, paupières closes, comme si de rien n'était.

— *Elle a l'air d'aimer ça, hein ! Joli brin de fille, dis donc !*

Martin vacille.

Amina se détache de lui et le contemple.

— Martin, tu es étrange. Tu m'embrasses d'une façon bizarre. Qu'est-ce qu'il y a ?

Il s'efforce de sourire.

— Mais il n'y a rien...

— Tu as une drôle d'expression. On dirait que tu as vu un fantôme.

— *Elle a pas tort, ta gonzesse !*

Martin fait une dernière tentative :

— Tu es sûre que tu n'entends rien ?

Elle fronce les sourcils.

— Entendre quoi ?

— Cette voix...

— Non, je n'entends rien. Et si c'est une blague, ce n'est pas drôle.

— *Ah, elle s'énerve...*

Martin lorgne vers la tombe de Célestine.

— *Oui, c'est par ici qu'il faut regarder, mon coco.*

— Ne me dis pas que tu n'entends pas cette voix qui nous parle !

Amina explose :

— Martin, j'en ai assez ! Déjà que cet endroit me fait peur, si en plus tu me fais des frayeurs... Je t'attends dehors avec le chien. Et si tu ne viens pas dans cinq minutes, je rentre avec lui rue de Babylone.

Elle s'enfuit.

— *Sacré tempérament !*

— Célestine, c'est vous ? murmure-t-il. Répondez-moi, c'est vous ?

Une vieille dame passe à côté de lui. Elle le regarde avec stupeur.

Il n'y a bientôt plus qu'un long silence. Martin perçoit au loin le vrombissement constant du trafic de la rue Froidevaux et quelques bribes de la prière de la vieille dame agenouillée devant une tombe, un peu plus loin. Au bout de quelques instants, convaincu qu'il a dû imaginer cette voix, il décide de s'en aller et s'éloigne.

— *Martin Dujeu !*

De nouveau la voix, tout près de lui.

Il s'arrête, se retourne, revient vers la tombe de Célestine et déclare à voix haute en tremblant :

— Si c'est vous, parlez-moi ! Ne jouez pas avec moi !

— *N'aie pas peur, Martin.*

— Célestine ! Où êtes-vous ?

La vieille dame d'à-côté le regarde d'un air apeuré, bouche entr'ouverte.

— *Je suis tout autour de toi, je suis avec toi.*

— Il n'y a que moi qui vous entends ?

— *Que toi.*

— Ça arrive souvent, d'entendre les morts ?

— *Non, mais je ne suis pas une morte ordinaire. Tu le savais, non ?*

— Qu'est-ce que vous êtes ?

— *À ton avis ?*

— Une fée ?

— *Oh, Martin, avec la tronche que j'ai !*

— Pas une sorcière, tout de même !

— *Une espèce de gentille sorcière qui a quelques pouvoirs magiques dont t'as profité. J'ai fait ce que j'ai pu pour ta mère, coco. Elle est vraiment morte. Tu le sais maintenant ?*

— Oui, je le sais. J'ai fait ce voyage, j'ai vu cette femme et je le sais.

— *En plus, t'es réconcilié avec ton paternel et tu t'es enfin trouvé une poulette. Ah, j'suis contente de moi ! Je vais pouvoir « reposer en paix », comme ils disent.*

— Je vous ai apporté mon livre. C'est le premier exemplaire qu'on m'ait donné. Il sort en librairie cette semaine.

— *Va falloir que tu me lises la fin, coco, j'ai plus de bras ni d'yeux pour le faire.*

La vieille dame continue à dévisager Martin avec un mélange de pitié et de curiosité, se signant plusieurs fois.

— Elle doit me prendre pour un fou. Mais ce qui m'arrive est totalement fou.

— *Tout à l'heure, quand tu sortiras d'ici, tu te souviendras de rien.*

— À propos de quoi ?

— *De cette conversation.*

— Pourquoi ?

— *C'est comme ça. Et on pourra plus causer comme on le fait maintenant.*

— Mais pourquoi ?

— *C'est comme ça, mon coco. J'y peux rien.*

— Vous me manquez, Célestine.

— *Rappelle-toi ce que t'as fait écrire sur ma tombe : « je ne suis pas morte, je suis seulement passée dans la pièce à côté. » Ne l'oublie pas et va rattraper ta jolie pépée. Elle a dû filer.*

— Je la rattraperai, je cours vite.

— *Tu m'étonnes, avec tes grandes gambettes ! Adieu, Martin ! Adieu ! Et embrasse la rue du Bac pour moi.*

Martin quitte le cimetière. Dès qu'il a franchi la grille, un mal de tête violent s'empare de lui quelques instants. Il chancelle, s'appuie contre le mur en fermant les yeux. Le gardien vient à son secours :

— Ça va aller ?

Martin rouvre les yeux. La tête lui tourne, mais il a déjà moins mal.

— Oui, ça va aller, dit-il. Merci.

La vieille dame, qui sort à cet instant du cimetière, le regarde.

— Qu'est-ce qu'il a ? demande-t-elle au gardien.

— Il a eu un malaise. Mais ça va mieux.

— C'est un original, ce garçon ! s'exclame-t-elle. Figurez-vous qu'il vient de passer dix minutes à parler à…

Elle s'interrompt et porte une main à son front.

— À quoi ? interroge le gardien.

La vieille dame se gratte le crâne.

— Je ne me souviens plus de ce que j'allais dire.

— Vous disiez que ce jeune homme avait passé dix minutes à parler à quelque chose ou à quelqu'un.

— Je ne me souviens plus ! C'est insensé !

Martin sourit.

— Bah ! fait-elle en haussant les épaules. Je n'ai pas quatre-vingt-huit ans pour rien ! Au revoir, messieurs.

Elle s'éloigne.

— Gâteuse, marmonne le gardien. Ça va mieux, maintenant ?

— Oui, merci.

Martin le salue et s'engage dans la rue. Le mal de tête s'évanouit rapidement. Son cœur bondit en voyant qu'Amina et Germinal l'attendent au coin du boulevard Raspail.

— Pardonne-moi, fait Amina en lui prenant la main. Je suis partie comme une folle. Ne m'en veux pas.

Ils descendent le boulevard.

— Tu n'as plus entendu la fameuse voix ?

— Quelle voix ?

— Oh, tu le fais exprès !

— Je te fais marcher… Je n'ai rien entendu du tout.

— Tu es un monstre !

Il l'enlace pour l'embrasser. Germinal s'assied patiemment et attend la fin du baiser. Il commence à en avoir l'habitude.

Ils arrivent devant l'hôtel Lutetia, traversent le boulevard afin de rejoindre la rue de Babylone. Les arbres du square Boucicaut sont en fleurs et on entend les cris joyeux des enfants jouant dans le tas de sable.

— Oh, regarde ! fait Amina en s'arrêtant devant la vitrine d'une librairie.

Parmi les nouveautés du moment se trouve le roman de Martin. Il le contemple quelques secondes, ne parvenant pas à croire que c'est bien son livre en vitrine, exposé aux regards de tous.

— Ça fait un choc, de te voir là.

— Oui.

— Tu es tout ému !

— Viens, dit-il. Rentrons.

Au même instant, Victor Dujeu sort de son cabinet rue Washington pour se rendre au Palais. À cause des embouteillages, son chauffeur n'est pas encore garé devant la porte cochère. Il en profite pour filer au Drugstore s'acheter des cigares. En faisant la queue, son regard survole distraitement les livres de la librairie voisine. Un titre accroche son regard :

Martin Dujeu

GORGONZOLA

roman

Éditions Rive Gauche

Oubliant instantanément ses cigares, son chauffeur et le Palais, il quitte la file d'attente pour voir le livre de plus près. La jaquette est couleur crème et les lettres noires. Sur la quatrième de couverture, Victor, en proie à une fierté intense, découvre le visage souriant de son fils ainsi qu'un résumé :

Étudiant sans histoire, Archibald se lie d'amitié avec le fantôme d'Émile Zola en emménageant au 63, rue Monsieur-le-Prince, où ce dernier aurait vécu. Grâce à sa complicité avec le revenant qu'il appelle Gorgonzola (en souvenir du sobriquet donné en 1858 à l'écrivain par des élèves du lycée Saint-Louis), Archibald va découvrir des textes inédits cachés depuis près d'un siècle, jetant une lumière nouvelle sur l'auteur des Rougon-Macquart, *ébranlant toutes les thèses existantes concernant sa vie et son œuvre. Archibald devra lutter contre un clan d'académiciens avides de célébrité qui désirent à tout prix mettre la main sur sa précieuse découverte. Sa seule alliée sera une jeune agrégée de lettres, dont il tombera amoureux.*

Ce roman inattendu mêle adroitement réalité et fiction, ainsi qu'une connaissance surprenante de l'œuvre de Zola. À travers la plume envoûtante de Martin Dujeu, Émile Zola renaît, mais tel que nous ne l'avons jamais connu.

Martin Dujeu a dix-neuf ans. Gorgonzola *est son premier roman.*

En arrivant rue de Babylone, Martin dit :

— Je vais marcher un peu rue du Bac. Tu viens ?

— Non, je suis fatiguée. Ton chien a soif, je vais lui donner à boire.

— À tout à l'heure.

Ils échangent un baiser, puis elle s'engouffre dans l'immeuble, suivie du beagle.

Il prend la rue du Bac, blanche de lumière, et s'arrête devant la porte cochère déserte. Des enfants passent, jouant avec un ballon, se rendant au jardin de Babylone. La rue est longue, belle et calme, arc de cercle illuminé s'étirant de la rue de Sèvres jusqu'à la Seine.

Martin s'assied à la place de Célestine, plissant les yeux contre l'éclat du soleil.

Puis il sourit, visage levé vers le ciel.

— Me revoilà, Célestine. Vous m'avez donné mal à la tête pour rien ! Je me souviens de tout, et j'embrasse la rue du Bac pour vous.

Janvier 1990-juin 1993
Paris

Lettre au lecteur

En 2018, j'ai déménagé. Un déménagement, c'est souvent l'occasion de faire un tri dans ses affaires, de jeter, de donner. Je n'ai pas ouvert le grand carton qui se trouvait déjà dans ma précédente cave, celui où je conserve mes anciens manuscrits. Il y a écrit dessus : « Ne pas publier si je meurs ! » Dans cet amoncellement de carnets, de classeurs, de cahiers, il y a tout ce que j'ai pu écrire depuis l'âge de huit ans, et qui n'a jamais été publié. Un journal intime, des poèmes, des nouvelles, des romans, des lettres. En anglais et en français, car j'ai cette chance d'être bilingue.

En 2019, je suis allée mettre de l'ordre dans ma nouvelle cave, histoire de mieux ranger. Ce carton m'a tendu les bras. Par curiosité, j'ai plongé dedans. L'odeur douceâtre d'humidité et de poussière me fait toujours éternuer. Émotion de revoir mon écriture d'enfant, puis d'adolescente. Certains textes sont tapés à la machine à écrire, d'autres à l'ordinateur. Je les ai regardés un par un.

Et puis, cette épaisse chemise cartonnée, bleu marine, fermée d'une boucle. Le titre : *Célestine du Bac*. Un roman que j'ai écrit entre janvier 1990 et juin 1993 et qui a été refusé par mon premier éditeur.

Cela faisait vingt-six ans que ce roman dormait dans ce carton. Je l'avais complètement oublié.

Je l'ai remonté chez moi et je l'ai relu. D'une traite. J'ai repensé à tout ce que j'avais vécu pendant ces trois années d'écriture. Mon fils venait de naître, ma fille suivrait deux ans plus tard. Je venais de perdre mon grand-père adoré, artiste peintre à qui le livre est dédié.

J'ai trouvé que mon histoire tenait la route, qu'elle était émouvante, parfois drôle. J'ai même versé une petite larme. Mais il me fallait demander l'avis de mes éditeurs. Et la réponse qu'ils m'ont faite, c'est qu'il fallait absolument la publier.

Tatiana de Rosnay

Remerciements

Ce livre voit enfin le jour grâce à l'enthousiasme de mon éditeur Glenn Tavennec.

Donc le premier merci est pour lui.

Le deuxième merci est pour Cécile Boyer-Runge qui a tout de suite cru en Martin et Célestine.

Le troisième merci est pour Laure du Pavillon, Catherine Rambaud et Chantal Remy qui ont tant aimé ce manuscrit, il y a toutes ces années, avant sa longue hibernation, et qui m'en parlaient souvent.

Le dernier merci est pour mes lecteurs, en espérant que cette histoire saura les toucher.

Table des matières

Imprimé en France par CPI
en avril 2021

Composition réalisée par Nord Compo à Villeneuve-d'Ascq

MIXTE
Papier issu de
sources responsables
FSC® C003309

L'éditeur de cet ouvrage s'engage dans une démarche
de certification FSC® qui contribue à la préservation
des forêts pour les générations futures.

Pour en savoir plus :
www.editis.com/engagement-rse/

N° d'édition : 61104/01 – N° d'impression : 3043149